突然の余命宣告にはメニュー表があった

～パニック障害の息子が、認知症の父を
看取るまでの八年間の在宅介護奮闘記～

石島嘉人

湘南社

はじめに

「お父様の余命は○○日です」と医師からまさかの引導を渡されて、頭が真っ白になったあの日のことは、生涯忘れることはないでしょう。

「生あるものは死あり」とは理解していても、いざ父親が余命宣告されてしまうと「そんなバカな！」と言って、すぐには受け入れられないものです。仏教に慣れ親しんだ我々日本人なら「この世は諸行無常であり、人はいつか終わりを迎える。老いも若きも関係なくにである」と学生時代に十分学んできたにもかかわらず、それがいざ現実のものとなると、うろたえ慌てふためきます。

幸い、私の父の場合は、余命宣告をされたのち、死を受け止めるための受容期間というものがありました。それでも遺族サイドが「死」という現実を受け入れられないと、心のバランスは崩れ、立ち直ることは容易ではなくなります。

父が余命宣告をされたとき、父の年齢は八十八歳、いわゆる米寿を迎えておりました。実のところ私は、ニュースなどで亡くなられた方々の年齢を見ては、父と同じ八十八歳を迎えられた方の報道を見た瞬間に「大往生じゃないの」「天寿を全うしたな」と感じていたものでした。それがいざ実際に父を失ってみると、そんな悟りの境地に達したような気持ちになれないのが実情でした。とめどなく悲しいのです。

父が八十歳になったときに、父は認知症を患い、すべての仕事を私が担うようになりました。正直に言って事実上の一家の大黒柱に私はなっておりました。それでも父が亡くなったことによって、精神的支柱を失ったような気分になりました。

いつものように仕事のため一人で市役所や税務署、青色申告会や不動産管理会社に打合せに行っても、何かが違うのです。八年前から、もう父を頼りにすることは一切できませんでしたが、それとはまた違うなんともいえない心細さに襲われるのです。そのとき初めて、父親の存在の偉大さに気付かされるのです。これは悲しいかな、実際に親を失った経験のある人にしかわからないものなのかもしれません。

私は、十七年前に精神疾患を患い、パニック障害・不安障害・身体表現性障害など、複数の疾患に罹患し、今日に至ります。私の病気を一言で説明するときに、いつも口にするのは「普通の人の三倍、ストレスを感じる体質の病気だと思ってください！」とお伝えします。本当は、そんな単純な病気ではなく、話せば長くなるのですが、皆さんこぞって私の話に付き合っているとうんざりしてきます。なので、私の病気に興味のない人には、シンプルな回答を心掛けています。

よって、今回の父の「余命宣告」ならびに「死」という現実に対しては、私の身体が悲鳴を上げました。うつ症状・めまい・頭痛・吐き気など、さまざまな症状が顔をのぞかせ苛みました。その中でも、生まれ持っての気質である「完璧主義」が、十七年前の精神疾患によって色濃く出始め、この性格にも自分は随分と苦しみました。

父が亡くなったあとのことは、すべてが未知との遭遇でした。何しろ親を亡くすなどという有事が起きた経験が一度もないものですから、すべてを完璧にこなそうと思っても、そうは問屋が卸しません。たったの家族三人のみで臨む、家族葬ひとつ一丁前に執り行えないのですから……。それでも葬儀屋さんの担当者は「皆さま、親を亡くされると右も左もわからずうろたえますよ」「誰でもいつかは乗り越えなければならない道なのですから大丈夫ですよ」「逆に変にこなれているほうが違和感すら覚えます」と言って、慰め励ましてくださります。葬儀屋さんにはそう言っていただけて、随分と心が救われました。

せめて、あのとき私に起こった経験が一人でも多くの読者の皆さまに伝わり、身内を亡くすとはこういうものかと想像を膨らませるきっかけとなり、いざというときの心の準備に役立てていただけましたら幸いです。また数多ある書籍を読み漁っても、なかなか知ることのできないお寺の住職との読経料や戒名料のやり取りなどについても、余すところなく書き綴らせていただきました。

中盤には、父の生い立ちに始まり、生涯にわたるエピソードを短くまとめ、八十歳で発症した父の認知症と、その後の八年間に及ぶ自宅での介護生活について、可能な限り収録をし、読者の皆さまの少しでも参考になればとの思いを込めて書き綴らせていただきました。何しろ、厚生労働省のホームページには「日本における六十五歳以上の認知症の人の数は約六〇〇万人（二〇二〇年現在）と推計され、二〇二五年には、約七〇〇万人（高齢者の約五人に一人）が認知症になると予測されており、高齢社会の日本では認知症に向けた取組が今後ますます重要になります」とあるのですから……。

終盤には、父の突然の余命宣告に対して、私たち家族がとった選択肢は果たして本当に正しかったのだろうか⁉　という点について医学的見地から切り込み、私自身、合点のいくところまで終末期医療にまつわる数多の参考資料を引用しつつ紐解きました。

最終章では、私の人生を振り返り、十七年前に発症した精神疾患以降、人生における挫折を大いに味わい、苦しみ続けた我が人生に果たして意味があったのかを自問自答した結果、人生には見えない脚本が存在していて、すべてが暗黙の脚本に導かれて、私はこの人生を生きることになっていたのではないか⁉　という結論に至りました。詳しくは本文に譲りますが、「すべての人生の出来事には意味がある」のではないか⁉　という提案をして、それが読者の皆さまの「生きるヒント」になればとの願いを込めて、本文を締め括らせていただきました。本書を読んで、少しでも多くの方々のお役に立てたなら幸甚です。

石島　嘉人

目次

第1章　突然の余命宣告にはメニュー表があった

パニック障害は日常生活の意外なところにまで支障をきたす

二〇二二年四月七日午後三時三十分過ぎ、母はいつものように父を乗せた救急車に同乗し、一方の私は自転車にまたがり、藤沢市にあるA総合病院に向かっていた。「なぜ母と一緒に私も救急車に同乗しないのか⁉」って。実は私は十七年前にパニック障害を発症して以降、電車やバスなどの公共交通機関に乗車をするとパニック発作を起こしてしまい、私の愛車はもっぱら自転車になってしまったのである。もちろんマイカーがあれば、運転する自信はあるのだが……。理由は、自分で運転をする分には、もし仮に具合が悪くなった場合には、いつでも路肩に止めて休憩をすればいい、という独特の心理メカニズムが働くので、逆に具合が悪くならないのである。

でもそのマイカーも十五年前に売り払ってしまった。ただし、今では一駅区間三分以内に到着するような各駅停車には乗車できるまでに至っている。しかしそれは、決して平坦な道のりではなく、精神疾患を発症して以来、訓練に訓練を重ねて、八年間の歳月を費やした血と涙の結晶があっての賜物だということは申し上げておきたい。

父は、八十歳に認知症を発症した端緒となった尿路感染症にかかり、救急車で運ばれて以降、今日に至るまで計八回、救急車を利用したが、そのすべてが父を乗せた救急車に母が同乗をし、あとから私が自転車でそれを追いかけるスタイルだった。でも今考えれば、その一度たりとも雨の天候に見舞われた経験がなかったのは、うちの家族そのものが、ご先祖さまに守られていたからなのかもしれない。

主治医との対面

母が体調不良の父とA総合病院に到着したのが午後四時ちょうど。一方の私が自転車でA総合病院に到着したのが午後四時二十分過ぎ。母の話によると、父の熱が三十七度五分ほどあるらしい。「二時間前に自宅で熱を計ったときには平熱だったはずなのに……」私は、誤嚥性肺炎の悪化を疑った。コロナ禍真っ只中の今、父のような限りなくコロナと縁のない患者であろうが、発熱があれば、まずは新型コロナ感染症を疑われ、簡易的なPCR検査で陰性か陽性かの結果を待つ。

母の話によると、簡易検査には約一時間程度掛かるらしい。今までも何度も何度も救急車に運ばれ、五時間六時間待たされることはざらにあったので、一時間の待ち時間というのはどうということはない。待つこと二時間。六時過ぎに我々は主治医の先生に呼ばれた。

救急病棟の中に入ると、そこには点滴につながれてストレッチャー式のベッドに寝かされていた父がいて、対面することができた。救急搬送時には意識朦朧としていてぐったりしていた父が、元気に点滴のカテーテルをいじくり、いたずらをしていた。その姿を見てホッとしたのも束の間、主治医の先生に呼ばれて奥の部屋に入る。母と私を前に主治医の先生は、やおら説明を始めた。

青天の霹靂

「お父さまの病状について申し上げます。まず、胸のCTの画像を見るとおわかりの通り、誤嚥性肺炎を発症しております。ただ症状としては軽度の部類に入ります。抗生剤を投与したら、治るものと見込まれます。第二に、高ナトリウム血症という症状を発症しています。血液検査の結果を見ると、腎機能の数値がすべて低下しています」「あの……高ナトリウム血症って、具体的にはどのようなものを言うのでしょうか?」私が素朴な疑問をぶつけた。主治医の先生は丁寧に説明に答えていく。

「高ナトリウム血症とは、読んで字の如く、血液中のナトリウム濃度が非常に高い状態を指します。体内の水分量がナトリウムの量に対して少な過ぎる状態になっており、わかりやすく言ってしまうと、脱水症状を起こしているとご理解していただけたらいいと思います。治療に関しましては、水分を補うことで加療をしていくことになります」「そうか……、やっぱり脱水症状を起こしていたのか⁉　パパはまったく飲み食いできていなかったもんな……」私は合点がいったように心の中で呟いた。

そして、そこまでの医師の説明に対しては、自分の想定内のことであり、私の心はまだ平静を保てていた。だが、次の主治医の一言に耳を疑った。

「それから、言いにくいのですが、ズバリ結論のほうを申し上げておきますと、お父さまの余命は一か月ぐらいといったところでしょうか……」その瞬間、頭が凍り付いた。「そんなバカな！」

冷静な口調で主治医はまくし立てる。「大きく分けて三つの選択肢があります。一つは今申した通り、点滴（末梢静脈栄養）をした場合、余命一か月程度が予想されます。次に二つ目ですが、中心静脈カテーテル（中心静脈栄養）にした場合、余命は年内いっぱい、もしくは一年弱ぐらいでしょうか。次に三つ目ですが、胃ろうという選択肢があります。胃にカテーテルを使って栄養を送り込むことによって、余命は二～三年に延びます。なかにはまれに、胃ろうがいらなくなるぐらい復活をなさる方もいらっしゃいます。ご家族さまは、どれをご希望なさいますか？」

母と私は、顔を見合わせた。「パパは、これまで散々苦しい思いをしてきたし、胃ろうは止めよう。もうこれ以上ないぐらいに頑張ってきたもんね」「ところで、中心静脈カテーテルというのは、どういうものなのでしょうか？」

主治医は丁寧に説明に応じる。「中心静脈カテーテルというのは、ＣＶポートを体に埋め込み、首や鎖骨のあたりからカテーテルを入れて、高カロリーの栄養を投与するものなんですよ」

間髪入れずに母が「肩のあたりにカテーテルがあったら、主人はいたずらをして、すぐにカテーテルを抜いちゃうと思うんです」とうつむき加減に呟く。

「いや、おっしゃる通りだと思います」主治医は答える。

再度、母と私は顔を見合わせ「点滴療法を選択したいと思います」と声を絞り出すようにして、二人一緒に声を揃えて結論を出した。「わかりました。ちなみに、このまま何もしないで看取るという選択肢をとれば、余命は一週間足らずになりますが、それについてはいかがなさいましょうか？」と主治医が畳み掛けるように質問を向けた。

すぐに私が「それは勘弁してください。私の気持ちの整理がついていませんし、受容期間といいますか、心の準備をする時間をいただかないことには……」と、ここまで述べたところで、主治医は「お気持ち、よくわかります。突然、そのようなことを言われたら、誰だって戸惑うでしょう。わかりました。点滴療法でいきましょう。まだ何日か猶予がありますので、もし仮に心変わりがありましたら、そのときにはいつでもご連絡ください。よろしくお願いします。では私は、これで失礼します」

まさに青天の霹靂だった。頭が真っ白になり、主治医の先生の言葉を受け止めきれないまま、私は呆然と立ち尽くした。

コロナ禍を恨む

再び、ストレッチャー式のベッドに寝かされていた父のもとに向かう。看護師さんから「入院病棟へは七時過ぎに入ります」と言われた。それまで束の間の父との対面のひとときを過ごす。父はもうほとんど言葉を発しない。父はひたすら点滴のカテーテルをいじっては、いたずらを繰り返し、それを母と私とであやしては……、の繰り返しが続いた。

夜七時を十五分程度過ぎたところで、看護師さんに声を掛けられ、ストレッチャー式のベッドに寝かされた父を連れて、母と私は七階の入院病棟の待合室に入ることになった。そこで、この度の入院計画について、看護師さんと打合せをした。

「今はコロナ禍ということもあり、面会は一切できません。次にお父さまとお会いできるのは、退院時のみになります。ご了承ください」

コロナ禍のご時世ということもあり、ある程度の覚悟はしていたが、次に父と会うことができるのは退院時だなんて……、呆然として言葉も出ない。ただただ私は、コロナ禍を恨んだ。父が余命宣告をされたこの日の夜は、通夜のような重苦しい空気が漂っていたのを、今でも時折思い起こす。

第2章　限られた貴重な時間を有効活用する

主治医が長年付き合いのある外科医に代わる

父が入院をした日の深夜、床に就いたが、とめどなく涙があふれ出た。あのとき主治医の先生から言われた記憶がリフレインして、ただただ悲しかった。「これ以上考えるのは、今は止めよう……」自分に言い聞かせるようにして、就寝に努めた。

後日、入院申込書に署名をした書類を持ち、さらには入院時に看護師さんに言われた洗面道具や電気髭剃りなど一式を揃えて、A総合病院を訪れた。A総合病院では今現在、コロナの厳戒態勢を敷いていて、父が入院している七階東病棟に行くことはおろか、一階の事務受付にてビニール袋に梱包してからの厳重な荷物の授受が行われていた。

「毎年のようにA総合病院には、父の緊急入院でお世話になっていたが、ここまでコロナの厳戒態勢が徹底的に敷かれていたのは初めてだな……」先日、看護師さんに言われた「次にお父さまとお会いできるのは退院時のみになります……」の言葉が脳裏をかすめて離れない……。

父が入院をして数日経った頃だったろうか、A総合病院から一本の電話が掛かってきた。誰かと思えば、つい一か月ほど前に父が外科手術でお世話になっていたS先生からだった。

「お世話になります。外科医のSです。お父さまは当初、救急病棟で担当していた医師が診ることになっていましたが、急きょであれなんですが、この度、私がお父さまの担当医になりましたので、今後は外科病棟で診させていただくことになりましたので、どうぞよろしくお願いします」

S先生とは、父の鼠径《そけい》ヘルニアの経過観察ならびに外科手術を執刀していただいた先生で、私は父の代わりに外来へ何度も何度も一人で足繁く通い、診察ならびに打合せを重ねてきた主治医の先生であり、一年七か月もの間、お付き合いのある馴染みの医師だった。

三十代半ばぐらいの比較的若い男の先生だが、A総合病院の外科の医長であり、さらには救急センターの医長も勤める超やり手の先生だ。以前聞いた話によると、日曜日以外は毎日、朝から晩まで外科手術に明け暮れ、しかも週に二日は外来もこなすスーパータフマンである。「どこの馬の骨かもわからない経験の浅い若い担当医に看取られるくらいなら、父のことをよく知っている経験豊富なS先生に看取られるほうが父も本望だろう……」私は、自分に言い聞かせるように心の中で呟いた。

喪服を持っていない

以前から気付いていたことだが、私は喪服を持っていない。私が十七年前に精神疾患を発症してから、闘病に専念することもあり、昔着ていた礼服はすべて捨ててしまった。こんなことなら、礼服の一着でも残しておくべきだったと少し後悔したが、それにしても、まさか私が、父親の葬儀に喪服を着ることなど、想定すらしていなかった。なので、最近訪れる親戚の訃報の際には、レンタル衣装ですべて済ませていた。しかしながら、今回ばかりは、そうは言ってもいられない。

同じく病気療養中の兄も、喪服を持っていなかったので、近くにある紳士服量販店に、兄と私の二人で喪服を買いに出掛けた。店の店員さん曰く、仕上がりまで、五～六日間ほど要するらしい。「その間に父が亡くなってしまったらどうしよう……」などの不安障害が顔をのぞかせたが、その不安も杞憂に終わった。

寺の住職との下打合せ

四月も中旬に入り、父が余命宣告された事実を、寺の住職に報告しておかなくてはまずいと思った。石島家は先祖代々、「南無阿弥陀仏」を拠りどころにする浄土宗系の宗派であり、阿弥陀如来をご本尊とする寺の檀家であった。鎌倉時代に興ったこの宗派は、歴史の教科書にも出てくる由緒正しき一宗派であり、間違っても、最近流行りのカルト教団などとは違うということを、念のためお断りしておきたい。

寺の住職とは、年に一回、お盆の季節にうちの仏壇に供養に来ていただく際に言葉を交わすぐらいで、私みたいな精神疾患持ちには、不安と緊張で電話を掛けること事態、大変気が重い。その重い腰を上げて電話をし、「ご住職と一度じっくりとお打合せしておきたいことがあるので、お寺の本堂までお邪魔してもよろしいでしょうか？」と問い掛けた。住職は訝るように「お会いするのは構いませんが、その……お打合せする内容を簡潔にでも教えていただけますと、こちらとしても助かりますが……」と切り返してきた。訝るのも無理もない。何せ、私が住職に電話をすることそのものが、緊急事態と勘繰られても仕方のないことなのだから……。

やむを得ず、父が入院先にて余命宣告されたという話をしたところ、「すぐに本堂に来なさい!!」とおっしゃっていただけた。電話ののち二〜三日後、早速、寺の本堂にお邪魔をし、住職と話をした。

事の発端である、父が八十歳で認知症を発症して以降、八年間の在宅介護の末での余命宣告であった旨の話をした。また、父、母、兄、私の家族四人暮らしではあるものの、兄が病気療養生活をしていることや、私自身が十七年前より精神疾患を患っており、二日間にまたがる通夜・告別式は、兄も私も精神的・肉体的負担が大きいことなど話をし、一日葬という形式の葬儀をお願いすることにした。また現在、コロナが蔓延しており、多くの参列者を呼べないことと、兄と喪主を務める私の二人が、疾患持ちということも加味し、参列者がいると過度なストレスも掛かることから、この際、家族三人（母・兄・私）だけの家族葬にて執り行いたい旨の話をし、快く承諾していただいた。

最後に、私の一番の懸念材料である、父が亡くなったあとに入ることになる墓についての話をした。父が入る予定の墓は、幸いなことに、ちょうど六十年前に建立をしていて、父の養母が先に眠っていた。だが、養母の死後六十年間、カロート（お墓の納骨堂）は開けられることもないまま、今日まで時が経過しており「カロートの状態は果たして良好なのであろうか⁉」「雨水や地下水が溜まって、とんでもないコンディションになってはいないだろうか⁉」「もし仮に、私がそんな有り様のカロートに入れ‼」と言われたら嫌だなと思うし、「自分がやられて嫌なことは人にもしない」がモットーの私としては、父が眠ることになる予定の墓のコンディションを知っておくことは、欠かすことのできない必須事項であった。

さらに、六十年前に建立をした墓石をつぶさに見ていくと、墓石の縁の至るところが欠けているのが非常に気になった。仔細に墓地を見れば見るほどに粗が気になってくる。いっその事、既存の墓を撤去して、新しい墓を新設しようかな⁉　とすら考え始めてしまった。冒頭の私の気質のところに書き綴った「完璧主義」の悪い部分が顔をのぞかせているのが自分でもわかっていたが、この異常なまでの気質は止めようがない。

いろいろな悩みを住職にぶつけていたところ、住職が懇意にしている石材屋さんがいるから、思い切って大規模リフォームをしてみたらどうかと提案をしてきた。「新設するより、はるかに費用を抑えられるし、六十年前に丹精を込めて建立したお墓を撤去するのも、ご先祖さまに対して忍びない。ここは、経験豊富な石屋さんにお任せをしてみるのも一つの手だと思うが、いかがなものだろうか？」と提案をしてきた。

まさに私にとって、住職の提案は渡りに船だった。「石屋さんに一切合切すべてをお任せしますので、うちのお墓のリフォームをお願いします」と即答をし、私の懸案事項は一つ解消された。

一通りの話をし終わり、気が付けば午後二時から始まっていた打合せは、午後四時を迎えていた。威厳のある住職との慣れない話し合いに二時間も時間を要し、体はヘトヘトになったが、まだまだ限られた時間内にやっておかなくてはならないことが山積していることを認識していた私としては、この一件だけで気を緩める訳にはいかなかった。

青色申告会への報告

父は、五十七歳のときに、二棟のアパートを建てており、その経営は今日まで続いている。いわゆる個人事業主というやつだ。普通のサラリーマンの人は、毎月の給料から源泉所得税が天引きされ、年末調整によって基本的にその年の所得税は精算されるが、個人事業主の人は、自らが翌年の二月十六日から三月十五日までの間に確定申告書を作成し、申告納付を行われなければならない。一般的に、うちのアパートのように五棟十室基準を満たしている事業的規模に該当するような不動産所得の場合には、税理士事務所に一任するケースが多い。

だが、税理士事務所に依頼をすれば、月額顧問料と称して、月額一～二万円、年末になればなったで、年末調整手数料を別途請求する事務所だってある。止めは、確定申告の際に支払う確定申告書作成料だ。うっかり、やり手の税理士の先生にお世話になろうものなら、トータル年間手数料二〇～三〇万円は下らない。そんなこんなで、父は青色申告会という、年間三万円弱の手数料で確定申告を請け負ってくださる会の会員となり、毎年コツコツと帳簿を作成しては、青色申告会にお世話になっていた。

ただ、これだけはお伝えしたいのだが、税理士に依頼するのと違って、帳簿を丸投げすることが青色申告会ではできないことだ。ある程度の自助努力を要するので、簿記が苦手な人や楽をしたい人にとっては、青色申告会は不向きであるということだけは申し上げておきたい。

それから月日が経過し、父が七十五歳を迎えるか迎えないかであった頃だろうか。ちょうどその頃に事件は起きた。

「帳簿の数字がどうしても符合しない！」と父が言い出し、青い顔をしていた。行き詰まってしまった父に対し、ちょうど病み上がりの私は、昔、税理士事務所に勤務をしていた経験から、父のアパートの帳面に関するすべてを請け負うことで、ピンチを乗り切る形となった。今思えば、その頃より父は、認知症の初期症状に侵されていたものと思われる……。

結局、この一件を契機に、不動産管理会社はもとより、青色申告会の担当税理士の先生に至るまで、父から紹介をしてもらい、私が事業代行をする形で、アパート経営のすべてを引き継ぐこととなった。

話を元に戻すと、父が余命宣告を受けたとなれば、父親名義のアパートの土地と建物は、誰かが継承しなければならない。いわゆる事業承継というやつだ。もちろん、今まで十三年間にわたり、父に成り代わって事業代行してきた私が、後を継がなくてはならない訳で、その手続きは煩雑である。そこで前もって、青色申告会の担当の先生に、父が余命宣告をされた旨の報告をし、有事の際における準備を今からしておき、来るべき日に備えるという打合せをしっかりとさせていただいた。そして、担当の先生にもしっかりとご理解をしていただき、また一つ、父の終末期に向けて、やるべき事柄を片付けるに至った。

葬儀社の選定

父が余命宣告をされてから、ずうっと早く探さねばと思いつつも捗らないでいた件があった。葬儀社の選定についてである。毎日ちょこちょことネット検索こそしていたものの、ネットなどを駆使してしまうと、かえって情報が氾濫し過ぎていて、迷路に入り込んでしまうものである。

ある日、母が、うちは互助会に加入をしていて積立金も二口にわたってしていた事実を告げられる。「早く言ってよ!!」と私は、思わず叫びたくなった。早速、その互助会の会員証を出してもらい、電話を掛けてみる。

受話器の向こう側から、物腰の柔らかい、経験豊富そうなベテラン女性スタッフの声が聞こえてきて、こちらの不安にすべて答えてくれた。何しろこちらは不安障害の病気持ちだから、本当に取るに足らない、相手からしたら「なんて面倒臭い話を延々としてくる客なんだろう」と思われたかと思う。私はその度ごとに「何しろ、親が亡くなるのは、初めての事でして……」を常套句にくだらない質問を次から次へとぶつけていった。最後に「またご不明な点がありましたら、どうぞご遠慮なくいつでもご連絡ください」と言われ、私はすっかり互助会を気に入ってしまった。

それにしても、取るに足らない疑問が次々に浮かんでくる。二度目に互助会に電話をしたときには、確か「一日葬プランの中に、遺体を安置する際に用いるドライアイス代は組み込まれていないのですか⁉」と真顔になって、聞き出していたように思う。ドライアイス処置料は一日、八八〇〇円で、遺体安置が長くなれば長くなるほど、日数×八八〇〇円となるので、値段が嵩んでいくとのこと。田舎の火葬場は混雑していないので、死後二～四日で荼毘に付されるが、東京都心ともなると、死後七～十日もの間、火葬場の予約がとれないこともざらにあると言う。

ちなみに、遺体に掛ける安置布団代のことについては、ホームページのどこを見ても記載がなく、とことん電話スタッフに問い詰めると、安置布団については、標準料金に組み込まれておらず、あくまでオプション設定だそうで「ご自宅にご遺体を安置するケースと、弊社の安置室にご遺体を安置するケースの二通りがございますので、ご自宅で安置する場合には、ご自宅のお布団をご使用になられるお客さまもおりますし、また弊社の安置室にてご遺体を預かる場合には、弊社が当然お布団をご用意して差し上げなければなりませんので、あくまで標準料金に組み込むことはできないのですよ」という返答だった。

うちの場合は、斎場の安置室を利用させていただこうと検討をしていたので、今の話だと、安置布団代はオプション設定にてプラスアルファしなければならない、ということがわかった。その後も、父が亡くなるまで、性懲りもなく重箱の隅をつつくような疑問質問を四回五回と電話で問い合わせ、電話オペレーターには「またあの小うるさい客だ‼」と思われ続けたに違いない。

合計一億四〇〇〇万円もの借入金を完済してしまった父

父は、平成三年に、九〇〇〇万円の融資を受けて、現在ある二棟のアパートを建てた。ちょうど三十一年前のことである。ちなみにこの融資は、三十年ローンであったため、この途方もない莫大な借金は、我々の生活を脅かす三十年間となったが、お陰さまで昨年無事に完済を果たす結果となった。父、八十七歳の春のことである。

恐らくではあるが、両親は銀行から融資を受ける際、銀行員の人に「日本人の男性の平均寿命は現在八十歳なので、ご主人さまが、仮に平均寿命でお亡くなりになられたと仮定しても、残債は相続税の計算をする際には、マイナスの財産として引き継がれることになります。残されたご遺族の皆さまにとりましては相続税対策となり大変有利に働きますので、ぜひとも前向きにご検討ください」なんて口当たりのいい言葉を投げ掛けられたのだと思う。

それがいざ蓋を開けてみたら、見事完済をしているのだから、我が父のこととはいえ、本当に大した人である。それから確か、五〇〇〇万円の住宅ローンも、アパートの借入金返済と同時期に並行して支払っていたので、父は合計一億四〇〇〇万円もの借入金をすべて生前中に完済したことになる。小心者の私からしたら、とてもじゃないが、この金額の借り入れは真似のできない芸当である。

父名義の土地・建物に設定されている根抵当権を抹消させる

ところで、私個人の恥ずかしい話を晒すが、昨年の三月末をもって九〇〇〇万円の借入金を返済し終えたとき、融資担当の銀行員が自宅にやって来たのだが、根抵当権抹消登記の手続きをご自身でやられるのは骨が折れるからと、司法書士の先生を紹介してくださった。それをなんと、司法書士に支払う手数料が勿体ないからと、ご丁寧に断ってしまった。

実は、さらに私には前科があり、一昨年末にも八〇〇万円の借入金を返済し終えていたのだが、このときの抵当権抹消登記もほったらかしたまま、今日に至っていたのである。

私は今、父が亡くなる瀬戸際にきて、父が汗水流しながら莫大な借入金の完済をしたにもかかわらず、父名義の土地と建物に根抵当権の登記が設定されたまま亡くなっていったとしたら、父に対して申し訳が立たないという自責の念にかられたのである。

私は、慌てて法務局に電話をして、二本の抹消登記の手続きのため、来局の予約をお願いしたが、現在はコロナ禍の影響で対面での指導は受け付けない、と断られてしまった。仕方なく、電話予約による手続き指導を申し込み、法務局の職員から電話での指導を仰いだのだが、これが対面ではなく電話による指導なので、涙が出るほど苦労をした。

一回三十分の電話指導では収まりきらず、再度電話予約の申し込みをし、泣きながら、丸三日間の時間を要し、ようやく令和四年四月二十二日、晴れて根抵当権の抹消登記はなされた。

今思えば、司法書士の先生にお願いをすれば、二本の抹消登記をお願いしても、四〜五万円足らずの手数料で手続きを代行してくれると思うので、改めて私のドケチ根性には、ただただ呆れ返るばかりである。

看取りのできる療養型病院を探す

四月も半ばを過ぎた頃、A総合病院医療相談室の女性スタッフから一本の電話が入った。そういえば、以前S先生からおっしゃられていた「今のうちの病棟はコロナ禍で、ろくに看取りもできないまま、患者さまがお亡くなりになられている状況なので、お父さまの最期は、看取りのできる療養型病院に転院をして、ゆっくりとご家族の皆さまと最期の時間《とき》を迎えられるよう、しっかり転院先の病院の選定をしておきましょう」と言っていた、あの件について話がある、とのことだった。

早速、医療相談室との打合せ日を四月十八日に入れ、母と私でA総合病院に伺った。そこでの女性スタッフとの打合せは一時間以上に及んだ。

うちのほうの希望としては、できるだけ自宅から近くにあり、電車でも通えるような療養型病院を三つ候補として挙げさせていただいた。女性スタッフのほうからも、できる限り、私たちの意向に沿った形の病院を三つの候補の中から探し出すということで、話はまとまった。

後日談になるが、父が亡くなったあと、後学のためにと、終末期医療の書籍を読み漁っていた中で、次のような事実が見えてきた。

高齢者の長期入院が問題視される理由の一つは、病院側の保険診療の制度にあります。日本の医療は保険診療が基本です。個人負担分以外の医療費は国から病院へ出ています。大きな急性期病院の多くは、7：1の看護体制（患者さん7人に対して1人の看護師がいる体制）を取りますが、この場合、診療報酬上は、患者さんの平均在院日数を18日以内にしないといけません。これがクリアできなければ、入院のときの基本料金が下がってしまうのです。これは病院経営にとって痛手になります。（中略）また、急性期病院では、次の患者さんのために常に入院用のベッドを空けておく必要があります。しかし、長期入院の患者さんでベッドが占有されると、次の救急患者さんを受け入れられません。これでは地域医療に貢献できないばかりか、新しい患者さんを受け入れられないことによる減収につながりかねません。（小豆畑丈夫『在宅医療の真実』光文社新書）

外科医のS医師からは「お父さまの最期は、ぜひ、看取りのできる療養型病院に転院をなさって、ゆっくりとご家族の皆さまと最期の時間《とき》を迎えられるようなスタイルが、理想の形ですよ」とおっしゃっていたが、病院経営側の本音を言えば、急性期病院は、積極的治療をしても回復の見込みがない患者を、三週間程度で退院ないし転院させないと、国の方針で病院サイドが減収になってしまうというのが実態のようだ。

さすがに「お父さまのような回復の見込みのない患者さまを診ていても、うちの病院としては、赤字の垂れ流しになるだけだから、療養型病院に早く転院してもらいたいのですよ」とは、口が裂けても言えないのは、自明の理であり、思わず私も納得せざるを得なかった。

マイカー購入の検討

父が余命宣告を受けたときから、いやいや、もっと正確にいえば、父が八十歳になり要介護認定を受けたそのときから、ずうっと抱えていた悩みの種がある。我が家には、マイカーがないのである。

父が仮に亡くなれば、それこそ縁起でもない話だが、葬儀の際には斎場へ行ったり、火葬場へ行ったりと、マイカーの所有は必須である。我が藤沢市は、全国津々浦々と比較すれば、交通の便が決して悪い地域ではない。よって鉄道を交通手段とする選択肢もなきにしもあらずである。だが読者の皆さまに想像をしていただきたい。今までに、電車に乗車をした喪服姿のご遺族が、遺骨を納めた骨壺と、白木の位牌と、遺影写真を抱えている姿を目撃したことがあるだろうか⁉ 少なくとも私は、一度たりとも目にした記憶がない。だとすれば、電車はＮＧ‼ 残すは、タクシーという選択肢か、レンタカーという選択肢が必然的に浮かんでくる。ちなみに、我が家の家族四人（父・母・兄・私）の中で、今現在、運転免許証を所有しているのは私だけである。母は、以前から口を酸っぱくして「車を買いなさい‼」と言っていた。

私は、十七年前に精神疾患を患って以降、マイカーを手放してしまった。もちろん、まだ私が、健常者であった頃は、テニス合宿と称しては、友人を乗せて山中湖へ行ったり、軽井沢へ行ったりしたものであった。ただそれは、あくまで昔の話であって、今は精神疾患持ちの身である。正直乗る自信がないのである。それでも今回ばかりは、逃げようもない。

ちなみに私は、車のことにはまったく興味も関心もなく、お恥ずかしい話、どこで車を買ったらいいのかもよくわからなかった。とりあえず、ひたすらネット検索を繰り返した。母は「一〇〇万円程度の新車を買ったらどうか⁉」と言っていたが、私の心の中では、うちの経済的状況や、新車を仮に購入したとしても、父の葬儀が終わればそれ以降は、乗車もせずに埃を被るだけなのだから、予算は五〇万円、中古の軽自動車と腹を決めていた。

ネット検索を毎日ひたすらしていたある日のことである。ちょうどお手頃価格で、私の好みのデザインに合致していて、且つ、走行距離も二・二万㎞のダイハツ「ムーヴカスタム」という中古の軽自動車が、ダイハツのディーラーにて販売をしていた。販売店の場所も自宅からそれほど遠くもなく、最寄りの駅から徒歩五分という便利さ、これならパニック障害の私でも電車に乗って行ける距離だった。まさに善は急げである。

本当のことを言えば、心の中は葛藤だらけの私であったが「これが年貢の納め時だな！」と覚悟を決め、ディーラーに電話を入れ、四月二十五日に地下鉄を乗り継ぎ、販売店に入店をした。整備費込みで四〇万円弱の中古車だったが、五〇万円を超えない範囲内で、最新のカーナビと最新のドライブレコーダーの装着を交渉した。結果は、五〇万円を若干超えたが、値引きをしてもらい、五〇万円ジャストで契約は成立した。

さて、次に交渉すべきは、納車日についてである。私は、父の現状を洗いざらい担当者に話をし、一日でも早い納車日の設定を催促した。ディーラーはディーラーで整備工場が五月に入ると、ゴールデンウィークに入ってしまい、機能しなくなるので、困ったような顔をしていた。がしかし、担当者も、うちのよんどころない事情を酌んでくださり、最短の納車日として四月三十日の午前中を約束してくださった。この上ない営業努力をしてくださり、私も「満足のいく契約ができたな!!」と心を弾ませた。

セルフスタンドでのガソリンの入れ方がわからない

五日間など、あっという間である。その間、一番の懸念材料であったセルフスタンドでのガソリンの入れ方をネット解説を検索しつつ、操作手順を見ては繰り返し確認をした。

ここで読者の皆さまは、私が若い頃にそれこそ頻繁に車を運転していたのになぜ、セルフスタンドでのガソリンの入れ方がわからないのか？　とお思いのことだろう。実は、私が頻繁に車を乗り回していたちょうど二十年前の頃というのは、それ程までにセルフスタンドというものが普及しておらず、九割がたがフルサービスのガソリンスタンドであったのだ。そのため、当時にセルフを使った経験は皆無であり、自分で車から降りて給油口の蓋を開けてガソリンを注ぎ込むなど、皆目見当がつかないことであったのだ。

いよいよ四月三十日当日、十一時三十分の約束時間に遅刻をしないように、体調を整え、電車を乗り継ぎ、販売店に辿り着いた。最後の細かい契約書にサインを交わし、いざ車に乗り込む。もちろん納車日当日に、担当者に何度もセルフでのガソリンの入れ方は聞いたが、抽象的過ぎてよくわからない。要は「習うより慣れよ」である。

担当者の誘導を受けて、販売店を出る。久しぶりの運転で明らかにぎこちない。整備したてのせいか、ブレーキが効き過ぎて、車が信号機で急停車してしまう。別にポンピングブレーキを意識している訳でもないのに、車が停車するときガクンガクンしてしまう。運転して五分と経たずして、車酔いを起こしてしまった。路肩で休憩しようにも、今日は土曜日ということもあり、道路が大渋滞を起こしている。とにかく昔の頃を思い起こして、肩ひじ張らずに運転することを心掛けた。

販売店から自宅までの五十分間の運転のうち、最初の三十分間程度は車酔いを起こし、嫌な思いをしたが、後半は慣れてきた。昔の頃の運転の感覚が、徐々によみがえってきたようだ。そしていよいよ自宅近くのセルフスタンドに腹を括って入ってみた。運転席を降りて、ソワソワとたじろぎながら考え込んでいると、なんと運のいいことに店員さんが様子を見に来てくれて、懇切丁寧にガソリンの注ぎ方を教えてくれた。そのお陰もあって、セルフでの入れ方にもすっかり自信がついてしまった。

午後二時過ぎには、自宅にも無事到着をし、母に今日の出来事をざっと説明をし、ようやく少し遅い昼食に漕ぎ着けた。

父の危篤の知らせを受ける

まだ、久しぶりに乗車した興奮も冷めやらぬ午後四時半過ぎに、一本の電話が自宅に入った。相手先はA総合病院からであった。その瞬間、私の心は反射的に凍り付き、嫌な予感を察知した。嫌な予感は見事的中した。

外科医のS先生から「息子さんですか？　お父さまが大変危ない状態を迎えられております。昨日までは落ち着いていたお父さまの容態が急変し、お熱が三十九度を超えられました。ちょっとゲポッと吐いてもしまわれました。もしかしたら、誤嚥性肺炎を発症しているかもしれません。ただもう息子さんもご承知の通り、積極的治療をしない方針で治療を進めていますので、採血をして原因を徹底的に突き止めることや、抗生剤の投与もいたしません。これで最期になるかもしれませんので、できるだけ早く病院に来てもらえますか!?　本当は、現在コロナ禍なので、お母さまお一人にいらしていただくのが理想的なのですが、息子さんも、お父さまのことを何年間もの間、それこそ中心になって看病なさっていましたものねぇ……。そうですね。事務受付にお二人まで面会可能の許可を出しておきますので、準備ができ次第、病院にいらしてください」

車を購入して、自宅に辿り着いたのも束の間、わずか二時間足らずの間に、病院から父の危篤の知らせが入った。

「あー、パパは僕が車を購入するのを歯を食いしばって待っていてくれたんだ!!　必死になって耐えていてくれたんだ!!」

そう思うと、自然と頬から涙がこぼれ落ちそうになった。取り乱した気持ちを落ち着かせ、母にS先生から父の危篤の連絡を受けたことを伝えたところ、母の返答は「パパが変わり果てた姿で、ゲッソリ頬が痩せこけていたら、どうしよう……。いいイメージのまま、パパとはお別れしたいから、あなた一人で最期のお別れでもしてきたら……」であった。呆れてものも言えなかったが、力ずくで病院に行くための準備をさせ、購入したばかりの車の助手席に母を乗せ、一路A総合病院へと向かった。

奇跡の父との対面

私は車を運転しながら「ついに、このときを迎えたんだ。覚悟はできているよな……」と、自問自答を繰り返していた。A総合病院には、父の件で、それこそ何十回も来ていたが、生まれて初めて病院に併設されている駐車場に、購入したばかりの車を停めた。

一階事務受付にて手続きを済ませ、すぐに二人足早に、七階東病棟へと向かった。七階東病棟内受付に入るなり、看護師さんより「まずはお二人とも検温をしてください」と言われ、母は平熱、私はちょっと高めの三十六度八分だった。その後すぐに、父の入院している個室に案内をしてもらい、入室をした。時計の針は、午後七時十五分を指していた。

個室に入るなり、紛れもなく入院前と変わらぬ父の姿がそこにはあった。母の心配とは裏腹に、顔の表情は、ふっくらしており、元気だった頃の父の表情に見て取れた。外科医のS先生からは、熱が三十九度以上あると言われていたが、表情は穏やかそのものであり、苦しそうな顔の表情一つ見せず、意識もはっきりしていた。

母も私も約一か月ぶりの父との対面。「もう僕たちの顔を忘れていても仕方がないよな……」と、覚悟を決めつつ、恐る恐る父に「僕だよ。嘉人だよ。僕の顔わかる？」と問い掛けた。なんと返ってきた父の答えは「わかるよ！」だった。まるで菩薩さまのような柔和な父の表情に、なんともいえない嬉しさが込み上げてきた。すぐに私は、母にも「ほらっ、ママもパパに声を掛けて」と促す。母も私と同じく「パパ。私よ。覚えている？」と、問い掛けるなり、間髪入れずに「覚えているよ！」と表情穏やかに答えてくれた。

それから私は、父の手を軽く握った。それに対し、父は強く私の手を握り返してくれた。父の力強い手の感触には、まるで病人とは思えない力強さを感じた。そして、久しぶりに触れる父の肌の温もりだった。その後はもう、私はすっかり舞い上がってしまい、立て続けに「与三郎おじいちゃんのことは覚えている？　ユキおばあちゃんのことは覚えている？」と問い掛けてみた。父から返ってきた言葉は「わかるよ！」だった。ちなみに、父の兄弟の名前も確認したが、それに対しては「わからない！」と答えていた。それでも私は、とにかく嬉しくて、父と母と私での団欒は、あっという間に一時間を経過した。

今振り返ってみても、あのときの父との対面は奇跡に近いものがあった。父は、重度の認知症を抱えていたが、一か月近く面会できていなかった私たちの顔をしっかりと覚えていた。そして、三十九度以上の高熱があったにもかかわらず、あんなに穏やかな菩薩さまのような表情を浮かべていてくれたなんて……。普段の父といえば、体温三十七度を超えると意識朦朧として、こちらの問い掛けに答えるのが精一杯なのにどうして……。

「そろそろ帰る時間かな⁉」と思い始めたちょうどその頃から、父は「もうダメだ。もうダメだよ」と、初めてネガティブな言葉を吐き出した。「パパ、大丈夫だよ。また明日も来るから心配しないで‼」と私は返答したが、心の中ではなんだか悲しくなった。私は「一時間以上もパパと久しぶりに話したから、パパも疲れたのかもしれないね」と、なんだか自分を納得させるような意味合いも込めて、母に同意を求めた。

「パパ、そろそろ今日はもう帰るからね」とメッセージを送り、再び七階東病棟受付にて、看護師さんに挨拶をすると「今、S先生がご家族さまとお話がしたいと言っているので、もう少しお待ちいただけますか？」と引き止められた。

待つこと十分余り、S先生が颯爽とこちらにいらした。「今日は、奇跡的に持ち直しましたが、正直もうゴールデンウィークは越せないと思います。もう本当に最期になるので、これからは毎日、お二人での面会を許可しますので、いらしてくださいね。危篤の際には、たとえ深夜の何時であろうとも、ご自宅に電話を入れますので、ご了承くださいね」間髪入れずに私は「最期に苦しんで逝くことはあるのでしょうか⁉」と問い掛けた。「万が一のときには、医療用麻薬を使うことも視野に入れていますので、大丈夫だと思いますよ」「わかりました。ありがとうございます」そのようなやりとりをして、S先生との打合せをあとにした。

帰りの車中、私は考えた。「ゴールデンウィークは越せない！　ということは、どんなに頑張っても三〜四日、四〜五日が精一杯ということか⁉」「辛いな……、やるせないな……」

自律神経のバランスの乱れが生じる

翌日、五月一日も夕方になり、母を助手席に乗せ、父との面会のため病院まで車を走らせた。昨日と同じく、七階東病棟内受付にて検温をした。母は平熱。私は三十六度九分であった。看護師さんは「うわっ、ギリギリですね！」と苦笑いを浮かべられた。私が「と、言いますと……」と聞き返すと、看護師さん曰く「コロナの関係で、三十七度を超える方は、入室許可が下りないんですよ」と答えてくれた。

実のことを言うと、昨日も今日も自宅を出る前に、あらかじめ熱は計っていたのだが、外出直前に検温をしたときには、六度台前半であった。原因はすぐにわかった。私自身、不安障害を抱えていて、過剰なストレスを前に、交感神経が高ぶり副交感神経は抑制されるので、寝付きが悪くなったり、吐き気を催したり、今回のように発熱してしまうのである。

これらをわかりやすく表現すれば、過度なストレスによる自律神経のバランスの乱れである。しかし、そんな言い訳を看護師さんに説明したところで、ルールはルールだ。こればかりはどうしようもない。運を天に任せるしかなかった。

二人揃って、父の個室に入室をすると、昨日とは打って変わって、父に元気がないのが目に見えてわかった。ベッドに横たわっていた父は、ほとんど会話する気力を失っていた。さらに、カテーテルをいたずらするのを防ぐためのミトンを手にはめられていたがために、昨日のように父の手を握ってやることもできなかった。私自身、とても悲しい気持ちになったが、帰り際に「僕のことわかる？」と聞いたときに、か細い声で「わかるよ……」と囁いてくれた。なんともいえない気持ちで病室をあとにした。

鍼灸マッサージ院の先生との出会い

翌朝（五月二日）、明らかに私の体調がおかしかった。前日からほとんど睡眠は取れていないし、無気力になってしまい、やる気が起きない。止めは、吐き気で食欲がまったくなくて、朝食が手につかないのだ。朝食時に母にその旨を伝えると、「私にどうしろって言うのよ。自分で何とかしなさい‼」と突き放された。

「どうしよう……、父が危篤を迎えているというのに、僕の身体が壊れてしまったら、もう終わりだ！」「母はこの通り、社会性のまったくない人だから、僕がいなければ何にもできない人だ……」「僕自身の力でこの事態を打開せねば……」

私はパソコンを開き、近所にある鍼灸院を検索し、手当たり次第、当日予約ができる店を片っ端から探した。確か三軒目だったろうか⁉　電話口で「正午であれば予約が取れますが……」という鍼灸マッサージ院に行き着いた。よく調べてみると、その先生は、中途失明をなさった盲目の鍼灸マッサージ師らしい。片瀬江ノ島駅近くに店を構えられているということなので、うちから目と鼻の先の好立地だ。藁にもすがる思いで、初見の鍼灸院を訪れた。年の頃、七十過ぎの上品で優しそうな先生が玄関で出迎えてくれた。

私は、父が危篤で、自分自身、身も心もボロボロで苦しい胸の内を明かし、思いの丈のすべてを先生に吐き出した。先生は私の身体を施術しながら、私の一言一言を丁寧に傾聴してくださり、受け答えてくださった。

「ちょっと、ビックリなさるかもしれないけれど、あなたの身体を触診する限り、普通の人と変わりありませんよ。東洋医学の世界では、あなたのような身体の持ち主を病気とは捉えないのだけれど、西洋医学の世界では、症状等から判断をして病気と診断をなさるのでしょうね」「でも今、起きている睡眠不足や吐き気から来る食欲不振・体調不良については、最大限の施術をして可能な限り、取り除いてあげますからね」とおっしゃってくださった。

約五十分間の施術時間の間、先生は、今現在の私の悩み・苦しみ・悲しみの一部始終を受け止めてくださった。自然と私の頬から涙が伝ってくる。普段、私は、無暗やたらと泣くタイプの人間ではなかったので、少し動揺を覚えたが、盲目の先生だったので、こちらが泣いていることに恐らく気付かれなかったと思う……。

帰り際に再度「お父さまが苦しんでいる姿を見て、何の動揺も見せずに平然としているほうが異常だと思いますよ。もし仮に私が、あなたと同じ立場ならば、その場からたぶん逃げ出していると思いますよ。何度も言うけど、苦しんでいる親の姿を見て、心が痛まない人間のほうが不健全だと思いますよ。だから、あなたは健全な心の持ち主なんですよ」先生には、施術面だけでなく、メンタル面においても、随分と勇気づけてもらった。

帰路の途中、行きの電車では吐き気で食欲がまったくなかった私が「なんだか少し小腹が空いたから、コンビニで軽食を買って帰ろうかな！」と思い付き、ミニサイズの冷やし中華を購入して家路に着いた。

お陰様で、体調不良はだいぶ改善した。「これなら今日の父の面会にも行けそうだな！」と自信を取り戻し、夕方、母を助手席に乗せ、A総合病院へと向かった。検温のときの私の熱は、相変わらず三十六度台後半。多少、自分の不安定な体温のことを気にしつつも、父の個室に入室をした。

父の呼吸は少し荒かった。その姿を見て、私はドキッとした。「パパが苦しそうだ！」そう思った瞬間から、父のことを直視できなくなり、七階個室の窓から眼下に広がる景色を眺めて呼吸を整えた。動揺から吐き気を催し、お昼に鍼灸マッサージ師の先生から教わった吐き気によく効くツボ押しをして、気持ちを静めるよう努めた。入室をしてから二十分を経過した頃だろうか？　父の呼吸が少し落ち着きを取り戻してきたかのように感じた。

　傾眠傾向にある父は、今日はもうとても話し掛けられるようなレベルになく、ただただ母と私は、一時間もの間、父の姿をひたすら見守った。後半は、父の呼吸も整い始め、なんとか調子を立て直した私だったが、思うようにコントロールがままならない自分の身体に対して、不安は隠し切れなかった。

ついに検温に引っ掛かる

　翌五月三日、そろそろ父の最期が近いのを感じつつ、思い切って、以前電話で何度も問い合わせをしていた互助会に電話を入れ、明日（五月四日）の午前中に、現地の葬儀会場を見学できないか、申し出た。結果は午前に一件告別式が入っているが、ちょうど十一時に出棺予定なので、その後であればいつでもＯＫとのことだった。早速私は、翌日の午前十一時三十分に見学の予約を入れた。母も、私の突然の行動に少しビックリしているようであったが、同伴してくれることを約束してくれた。

午後も三時半近くになり、いつものように母を助手席に乗せ、A総合病院へと車を走らせた。私自身、昨日の一件があったから、父の面会に立ち会えるか、正直自信がなかった。というよりも、動揺を隠し切れないほど、鼓動は早まっていた。いつもの七階東病棟内受付にて事件は起こった。いつものルーティンである検温をしたところ、母はいつも通りの平熱で問題はなかったのだが、私が検温をしたところ、三十七度一分あったのだ。

看護師さんも困り果てたような顔つきで「一応、ルールはルールですので、待機室にて一度クールダウンをされて、再度お熱を計りましょう」と言われた。私は私で、昨日の一件ですっかり父に会うことに対して、自信をなくしていたので「今日は、母一人に面会に行ってもらいますので、私は遠慮したいと思います」と言って、母一人に面会をお願いすることにした。

実は内心ホッとした。なぜだか今日は正直、父に会う自信がなかったのだ。昨日以上に父の呼吸が荒くなり、もがき苦しんでいたらと想像したら、自分がどうにかなってしまいそうで、もう身体は限界だった。ちょうど一時間が経過した頃、母が戻ってきた。父の状態をすかさず確認したところ「昨日と同じよ。そんなに苦しそうなんてことはなかったわよ」と言われ、ホッと一安心した。

昨夜もそうだが、今夜もまったく眠れない。いい加減、寝不足続きだと体調を崩しかねない。今晩くらいは、以前から精神科で処方をされていた睡眠薬を服用しようかとも考えたが、万が一、深夜に父の危篤の連絡が入った場合に「睡眠薬を服用中の車の運転は非常に危険だ！　やっぱり、薬の服用は控えよう」という結論に至った。寝不足続きのまま、翌五月四日の朝を迎えた。

葬儀会場を見学する

今日（五月四日）は、昨日電話を入れた斎場への見学予約を十一時三十分に入れているので、いつもより少しばかり慌ただしい。母を助手席に乗せ、見学予約時間より二十分近く早く現地の駐車場に到着をした。ちょうど、喪服姿のご遺族が、白木の位牌と遺影写真と火葬場に持っていくお別れの花束を抱えて整列をし、霊柩車に棺を乗せて出て行く出棺の場面に鉢合わせをした。

もちろん、私たちは車から降りずに、その様子を神妙な面持ちで車中から眺めた。そのシーンは、決して他人事ではなく、数日以内にはうちの家族も経験しなくてはならない、誰もがいつかは通らなくてはならない道なのだ。だからそのシーンを、私は目に焼き付けた。ただ一点、思わず笑みがこぼれてしまう場面もあった。

霊柩車を筆頭に、寺の住職とおぼしき宗教者の車、さらにはご喪家の車、最後尾に会葬者を乗せたマイクロバスが隊列を組んで、斎場をあとにしたのであるが、寺の住職のマイカーが、まさかの高級車のポルシェだったのである。この不景気の時代に、葬式仏教と揶揄されている寺の住職が、こんなに羽振りがいいだなんて……。でもなんだか、黒塗りの地味な車が隊列を組む中、一台だけ真っ赤なポルシェがいるなんて、少々目立ち過ぎているのではないかと、些か滑稽に思えてしまった。

車中にいた我々の姿に気付いた係の女性が、出棺を見届けたあとすぐに駆け付けた。「お電話でご予約をいただいた石島さまですよね。どうぞ、ホールの中は後片付けでごった返しておりますが、よろしければ、中へお入りください」と言って、我々を誘導してくださった。母と私の二人で着席していると、四十代とおぼしき男性の担当者が資料を抱えて現れた。はじめに名刺をいただくと、そこには、ホール支配人の肩書きがあった。「はじめまして」の挨拶を交わし、早速、本題へと入っていった。「今日も午後から父の面会に行くのですが、もう時間の問題でして……、いつ、私の携帯に緊急の連絡が入っても……」と話したところで、母に「やめなさい！」と小声でたしなめられ、軽く膝を叩かれた。

「ご事情は、十分に承知いたしました。どうぞここに、弊社のパンフレット一式がありますので、お手透きの際にでもお読みいただいて、ご不明な点がございましたら、お気軽にご連絡ください」と支配人さんが親身になって、相談に乗ってくださった。三十〜四十分の打合せをして、我々はホールをあとにした。

一度自宅に戻った私たちは、昼食をとり、少しばかりの休憩をはさみ、今度は父のいるA総合病院へと向かった。いつものルーティンである検温も、かろうじて通り、二人個室へと向かった。父は、もう我々の声に反応するだけの状態ではなく、ただひたすら口を大きく開けては、呼吸を繰り返していた。

一時間程度、父の姿を見守り、自宅へと帰ってきた。時計の針も夕方六時近くになっており、母も夕食を作るだけの気力もなかったので、少しの休憩時間をとり、私がコンビニに行って、冷やし中華を買ってきた。家族三人、食卓を囲み、さあ、これから食事をしようとする直前に、一本の電話が鳴った。ナンバーディスプレイの表示を見ると、そこにはA総合病院の名前が……。

私は覚悟を決め、受話器を取った。電話口に出た相手の主は、S先生ではなく、女性の看護師さんであった。そして、冷静な口調で語り始めた。

いよいよ父との別れのとき

「お父さまが危篤です。今すぐ病院のほうへ来られますか?」。それに対し、咄嗟に私は時計の針を確認した。時刻は、午後七時二十分を指していた。私は「今から準備をするので、一時間後くらいには伺えますが、なんとか間に合いますでしょうか?」と答えた。「わかりました。ではお待ちしております」と言われ、電話のやり取りは終わった。

母に事情を説明し、食事を食べられるものなら、食べたほうがいいと促し、しっかり食べてもらった。一方の私はといえば、動揺を感じ、気持ちは高ぶり、自分でも緊張しているのがわかったので、食べるのを控えた。下手に食べても吐き戻してしまいそうであったからである。今夜が父との最期の別れになることを覚悟し、車のハンドルを握った。

病院へと向かう車中で、母が私に、午前中の葬儀会場見学の話題を出し「あなたって、冷たい人ね」という話を切り出した。「パパがまだ生前中なのに、絶対に死ぬことを決め込んで、いろいろ動いているんだもの……」それに対し私は、やおら切り返した。

「僕は、すべてリハーサルをしないと、本番で頭が真っ白になってしまう人間なんだ。ご住職との打合せだってそうだし、今日の斎場の見学だってそう。予行演習をしないと、いざというとき、何もできない人間なんだ。何でもアドリブが利く天才肌と違って、僕は、台本通りにことが進まないと、何にもできない凡人だから、今やっていることは仕方のないことなんだ。でもこれだけは言っておく。僕は、パパが四月七日に入院をしたときに、余命宣告をされたじゃない。それですぐ翌日に、ケアマネさんに緊急連絡をしたときに『経済的なことも考慮して、今お借りしている福祉道具は、レンタル会社に連絡をして、すぐに解約をしましょう。少しでも出費を抑えることも大切なことだから！』と言われたんだけど、僕はケアマネさんに、こう切り返したんだ。『父が自宅に帰って来ることは、恐らくもうないでしょう。それでも、もし万が一に奇跡が起こったことを考えたら、介護用ベッドも車椅子も、正式に父が亡くなるまで返したくないんです。レンタル費用は、引き続き発生しちゃうけど、もうこればかりは、お金の問題ではないんです。父が亡くなる前から、福祉用具をお返ししちゃうのは、なんだか忍びなくて……。だから最後の最後まで契約を続けさせてください！』と言ったんだ。だから僕は、決して薄情な人間なんかじゃない。パパが、どっちに転んでもいいように、ちゃんと考えて動いているんだよ」このように反論をしたら、母はそれを聞いて黙りこくってしまった。

そうこうしているうちに、車は病院へと到着をした。到着時刻は、午後八時十五分。私自身、相当な交感神経の高ぶりを感じていたから、体温が七度を超えているかもしれない！との焦りがあったが、七階東病棟内受付に到着するなり、検温は一切なしで、慌てて看護師さんに個室まで誘導をされた。父は、顎を大きく開けた状態で呼吸をしながら横たわっていた。私は、すぐ看護師さんに「今の父の状態は、苦しがっているのでしょうか？」と問い掛けると「苦しくないはずですよ。大丈夫です」と返答をしてくれた。

あとで、いろいろな書籍を読み漁り、わかったことなのだが、このような状態の呼吸のことを下顎《かがく》呼吸というらしい。

一般的には、尿が出なくなるのと同じ頃から、下顎呼吸が始まります。下顎呼吸とは、顎を上下に動かしてする呼吸で、これが始まると、残されているのは24時間程度です。したがって、入院している場合には、このタイミングで「親族に集まっていただいた方がいい」と告げます。自宅の場合には、このとき家族が救急車を呼んでしまうケースが多々あります。それまで静かに息をしていたのに急に様子が変わり、顎を上下させて息をする姿が、苦しくてあえいでいるように見えるためです。けれども、この呼吸は人が亡くなる際の自然のプロセスであることを思えば、ひどく苦しいわけではないと考えた方がいいでしょう。
（玉置妙憂『死にゆく人の心に寄りそう』光文社新書）

今、振り返れば、父の下顎呼吸こそが、亡くなる二十四時間前に起こるサインであり、我々家族を病院に呼び付けた理由なのではないかと、わかった気がした。

父のことを、母と私の二人で見守り、時計の針も夜十時を指した頃、母と私で「これって、一体いつまでパパのことを見守り続けるんだろうね!?　だんだん疲れてきたよ」という話になり、一時間に一回程度の頻度で巡回に来られる看護師さんに確認をとってみた。看護師さん曰く「正直、私にも、お父さまがいつ亡くなられるかはわかりません。翌朝になることもありますし、もっとも長いケースを想定すれば、明日の夜になるかもしれません」母も私も、その話を聞いて、思わず「一旦、自宅に帰って一休みをして、またこちらに伺ってはダメですか？」と聞いたところ「最期の看取りができないことを覚悟の上であれば、一旦自宅へ帰ることも構わないですよ」と言われた。「ここの個室は、ご家族の方が宿泊できるように、ソファーの背もたれを倒せば、ベッドにもなるんです。こちらのベッドで寝ていただいて、お腹がすいたら、病院一階のコンビニが二十四時間営業していますので、お食事を持ち込んでも構わないので、なるべく最期までいらしていただくことをお勧めします」

そこまで言われたら、腹を据えて、父の最期を見届けようと、母と私は覚悟を決めた。ソファーを倒し、ベッドに横になって仮眠を試みるが、まったく寝付けない。たぶん、自分の中の気持ちが高ぶっているせいだと思い、とにかく自然の流れにまかせることにした。

ついに時計の針は、深夜の十二時を回り、日付は五月五日になった。それから三十分経過した頃だろうか。父の呼吸のサイクルが、少しゆっくりになってきた。微妙な変化とはいえ、私は気になり始めた。

それからさらに一時間が経過した一時三十分頃には、さらに呼吸がゆっくり、そして静かになってきた。うとうとしていた母を起こし、二人で父の表情をじっと見つめる。そこに、巡回の看護師さんが入室してきた。私が、父の呼吸がだんだん静かになってきたことを話すと、看護師さん曰く「静かに呼吸が止まって、息を引き取るパターンですね」と言って去っていった。深夜も二時を回り、父の呼吸は、虫の息ともいうべき、弱々しい呼吸になってきた。ついに呼吸は止まり、かすかに動いていた喉仏の動きも、微動だにしなくなった。私は、即座に時計を見た。深夜二時三十五分、臨終である。

物静かで厳かな空気感が漂う雰囲気の中での最期の看取り

ところで、この個室には、心電図モニターなどの機械装置が一切ない。だから、心電図のモニターの波形がフラットになることに神経を尖らせることなく、また一喜一憂することなく、父の穏やかな顔の表情に、母も私も一点集中することができた。スマホ世代の我々は、何でも機械装置に判断してもらわなければ不安になるものだが、物静かで厳かな空気の中、看護師さんすらこの個室にはいない。今、この個室にいる、母と私の二人だけで、父の顔の表情をつぶさに見つめて、父の最期を看取る。

当時は気持ちの余裕もなかったので、当たり前の環境のように思っていたが、今思い起こすと、なんとも貴重で贅沢な時間を過ごさせてもらったと、この病院の環境下に感謝せずにはいられない。

父の臨終から五分後、若い女性の看護師さんが入室してきて「ナースセンターで嘉章さんの心電図のモニターをチェックしていましたが、完全にフラットになられたので、先生をお呼びしますね」と言って、個室をあとにした。それから七〜八分後、外科医のS先生ではない、初見の先生がお見えになり、聴診器を当てて、呼吸停止、心音停止を確認。さらには、ペンライトの光を瞳孔に当て、対光反射の消失、瞳孔散大を確認。サッと腕時計の時刻を確認し、「医師確認。死亡時刻午前二時五十分。ご臨終です」と告げ、深々と頭を下げた。

新緑の香りが風薫る初夏の訪れとともに、父は、あの世へと旅立っていった。

石島　嘉章　享年八十八歳　令和四年五月五日　午前二時五十分　永眠

第3章　亡くなった瞬間から次々と多忙は極まる

昨日、見学をしたばかりの葬儀会場へ

父の死亡確認後、五分と経たずして、看護師さんが「葬儀社はお決まりですか⁉」と確認をしてきた。間髪入れずに「はい！　決まっております」と、私が返答をすると「では、ご連絡の手配をお願いしたいのと、その間に私どもは、お父さまの清拭《せいしき》をして差し上げるのと同時に、お着替えもして差し上げなければなりませんが、お父さまが生前、ご愛用されていた衣服類は、今お持ちでしょうか⁉　お持ちでない場合には、浴衣を着せることになりますが……」。母は、渋い顔をして「その浴衣を着せるのは、勘弁してください。それにしても、突然に愛用の衣服類とか言われても……、用意なんて一切してないし、困ったわ……」とうつむき加減に返答をした。

それに対し、看護師さんは「亡くなられてから二〜三時間で死後硬直が始まってしまうので、お着替えに関しましては、お早めにお返事をお願いします」と催促をした。それから「もしご希望があれば、清拭やお着替えに、ご家族さまもご参加しませんか？」と確認をしてきたが、間髪入れずに、母が「結構です！」と答えてしまった。

実は、この件について私は、今でも非常に後悔の念を抱いていて、あのとき「僕もエンゼルケアに参加をしてあげればよかったな……」と事ある毎に、悔いてしまう自分がいる。

読者の皆さまも、もし身近なご家族のご不幸があった場合に、病院などでエンゼルケアの参加を問われた際には、あらかじめ心を決めておいたほうがよろしいかと思う。理由は、まったく予期せぬことを問われたときに、人間は思わず、返答に窮して言葉に詰まってしまうことがあるからである。

私が、葬儀社と携帯電話で打合せをしている間に、いつの間にか、母が病院の個室からいなくなっていた。いつになっても戻ってこないので、母の携帯に連絡をすると、母が息を切らしたような声で受話器越しに出てくれた。「今、自宅に戻って、パパのタンスから衣服類を探している最中よ。自宅前にタクシーを待たせているから、もう電話を切るわよ」と言われてしまった。それから待つこと二十〜三十分。母が、父に着せる衣服類を持って帰って来た。結局、看護師さんにその服を渡し、父の着替えをお願いした。

午前四時三十分、寝台車が病院の地下駐車場に到着をし、父の遺体を乗せ、助手席には母が乗り込み、昨日、見学をしたばかりの葬儀会場へ向かう運びとなった。私は、寝台車が出発するのを、病院関係者とともに見送り、その後マイカーのハンドルを握り、寝台車のあとを追った。夜明けのまだまだ薄暗い幻想的な光景の中、誰もいないガラガラの街並みを、風を切って車を走らせ、約十五分程度で葬儀会場へ到着をした。

葬儀会場スタッフとの打合せ

葬儀会場の玄関口で、寝台車の助手席に乗車をし、一足先に到着していた母と合流をし、二人でホールの中へと入った。テーブルには、年の頃、六十歳前後とおぼしき、ベテラン男性スタッフが出迎えてくれた。早々に名刺をいただき、挨拶もそこそこに打合せは始まった。

まずはじめに、死亡届の書類を広げて見せてくれた。見開き左側には、死亡届となっているが、見開き右側には、死亡診断書となっており、一枚の書類で二つの役割を果たすもののようである。そして用紙の右下には、先ほど、死亡確認をしてくださった医師の署名捺印がなされていた。

最初に目に付いたのは、死因のところに「老衰」と記載のされていたことだった。父の最期は、三十九度以上の高熱も出ていたことから、最終的にいかような死因になるかは、少し気になっていたところではあった。まあ、広い視点で見れば、父の死因は、老衰だったのかもしれない……。

男性スタッフから死亡届への記入を促され、スタッフの指示通りに記入をしていった。一通り書き終えたところで、スタッフ曰く「この死亡届は、弊社が責任をもって役所に提出をしてきますので、どうぞご安心をしてください」と言われた。

続いて、いよいよ葬儀の日程調整の件について、話が始まった。男性スタッフは、ホール（葬儀会場）の空き状況、火葬場の空き状況、住職の予定、この三つのスケジュールをすべて押さえて、初めて葬儀というものは執り行われるものだと力説した。

そして、私がやるべきことは「住職の葬儀日日程を押さえることだ！」と念を押され「今はまだ、午前六時前なので、電話を入れるには、ちょっと非常識な時間にあたってしまいますから、午前八時になりましたら一番にご住職に連絡を入れて、葬儀の予定日を押さえてください」と言われた。

「最後に、うちのホールにお父さまのご遺体をご安置される件についてですが、詳細な打合せはまた明日やるとして、とりあえず枕花だけは、お供えしてあげましょう。お父さまもお花が何もないと、さみしいではありませんか⁉」

枕花など何も知らない私は「お花があると華やぎますし、さみしさを打ち消したり、何より癒されますものね」と、感じたままのことを言葉にした。すると男性スタッフは「昔から、香りは死者の食べ物とされているんです。仏壇にお線香を手向けるのも、仏さまに食べ物を差し出すという意味合いがあるのですよ。だから枕花にも『お父さまに、お花のよい香りを食べてもらいましょう！』という気持ちも込めて、ぜひ、お供えをして差し上げましょう」と説明してくれた。ちなみに、枕花には、母の希望で胡蝶蘭の花を供えることとした。

早朝六時半過ぎになり、ようやく自宅へと帰って来た。一休みをしてから、私は昨晩に食べ損ねた冷やし中華を食べることにした。麺に汁が浸ったまま昨晩から放置をしていたので、伸びた麺を食べるのは、お世辞にも美味しいものとは言えないが仕方がない。そうこうしていると、母が突然に泣き出した。嗚咽を漏らして泣き出したので、恐らく今まで我慢してこらえていたものが、一気に爆発したのだろう。母にこれほどまでに泣かれて、父もさぞかし幸せだったに違いない。「もし仮に、僕が死んだとしたら、ここまで本気に泣いてくれる人はいるのだろうか？」「いないだろうな……」なんてことを考えながら、母のことはそっとしておいた。

時計の針が午前八時を指した。男性のスタッフの指示通りに、寺の住職に電話を入れた。父が亡くなったことを報告し、葬儀の日取りを、五月九日に決めた。少し先の日程になってしまった感は否めないが、相手の都合のあることだから、こればかりは仕様がない。

昨日から徹夜続きだが、気持ちが高ぶっているせいか、仮眠をとるどころか、頭が冴えに冴えまくってしまっている。昼食後しばしの休憩をとり、シャワーを浴びることにした。頭を洗っている最中に、少し頭がクラクラした。ドライヤーで髪を乾かし、浴室から出たところで事件は起きた。突然、回転性のめまいに襲われた。立っていることもできずに、しゃがみ込んで、それから二階の自分の部屋まで体を這わせて、なんとかベッドに転がり込んだ。

時計の針は午後三時を回っていた。ちなみに、回転性のめまいは、以前に一度だけ経験していたので、今回が二度目となる。とにかく天井がグルグル回って、気持ちが悪い。めまいはめまいでも、船から降りたときに経験する陸酔《おかよ》いのようなめまいは、今までに何度も経験しているが、それとは比べようもないくらいに、こちらのほうが辛いし、苦しい。

冷や汗をかきながらも、可能な限り寝ることを心掛け、目を閉じた。気付いたら、午後七時近くになっていた。トイレに行きたいこともあり、そろりと起き上がってみたが、回転性のめまいは一向に治まる気配がない。仕方なく再度寝ることを心掛けた。次に目が覚めたのは、深夜の十二時ちょうど。恐る恐る起き上がると、少し頭は重いものの、普通に歩くことはできた。

一階の母のいる寝室に降りて行き、母に事情を説明したが、内心私は「明日までに、めまいが完全に治まらなかったら、父の葬儀は執り行えないかもしれない……」「どうしよう……、困ったな……」と焦りに焦っていた。

「エンバーミング」のすすめ

翌朝（五月六日）、いつものように目が覚め、恐る恐る起き上がってみた。どうやら、めまいはすっかり治まっているようである。今の心境を有り体に表現すれば「ホッと胸を撫で下ろした!!」といったところだろうか。「これも、ご先祖さまが僕のことをお見守りしてくださっているお陰かもしれない……」と、まずは、仏さまに感謝をした。

今日は、午前十時三十分から、葬儀会場にて打合せである。朝食を早々に済ませ、準備を整え、いざホールへと車を走らせた。今日の担当者は、昨日とはまた違う、年の頃五十代半ばとおぼしきベテラン男性スタッフだった。今日は、具体的なプランニング、そして、見積金額をはじいてもらう、とても大切な日でもあった。

祭壇デザインや、祭壇に飾る花、喪主花などは、すべて母に任せた。母は昔からインテリアなどデザイン関係にはこだわりが強く、また庭のガーデニングなどにも日々取り組み、花の名称や種類など、すべてに造詣が深い人なので、私は、母の個性を最大限尊重し、一切口出ししなかった。

母と私で一番悩んだのは、「エンバーミング」についてである。エンバーミングとは簡単に言えば、遺体に対して、薬品などを用いて防腐・保存のための処置を施すことだ。よって、遺体の腐敗などの心配が軽減されるので、例えば、遺体に詰め込むドライアイスも一切要らなくなるし、闘病生活などでやつれてしまい、昔の面影のない遺体などの場合には、修復をして元気だった頃の面影を取り戻すこともできるので、特に女性のご遺体などの場合、大変好評だそうで、とても満足度の高い施術内容となっている。

ちなみに、父が亡くなった際に、死後硬直が早々に始まるので、病院で用意した浴衣を着せるか、父が生前に愛用していた洋服を着せるか、あたふたしていた問題点も、エンバーミングを選択すれば、何の問題もなく、愛用の衣装を着せてあげることが可能だと、男性スタッフは説明してくれた。

一番の問題点は、金額が高額なことである。十三万円プラス消費税とのことらしい。「いやぁ、父の顔の表情も、特にやつれることなく綺麗な顔立ちに見えるし、女性の場合は、最後の最後まで、美にこだわることもあるけれど、父は男だからなぁ……。それに第一、今回の葬儀は、家族三人だけで営む一日葬ですよ。親戚・知人に、父の亡骸を拝んでもらう訳でもないのでねぇ……、それから一番のネックは、十三万円という金額が高過ぎますよ。ずばり、それに尽きると思います」

男性スタッフは、少し困惑したような顔付きで、「お父さまは、五月五日にお亡くなりになられて、茶毘に付されるのが、五月九日……。五日間もの間、ご安置室に安置となると、しっかり閉じていた目や口が、開いてきちゃうかもしれないし、うーん、わかりました。ここはちょっと細工をして、今現在の見積金額とほぼ変更のないまま、エンバーミング代を組み込んでしまいましょう」と言って、今現在の見積金額と、エンバーミング代込みの見積金額の両方を見せてもらった。

確かに、金額にまったく変わりがない。母と私は、鳩が豆鉄砲を食らったような顔付きで、再度、パソコンの画面を見やりながら「この金額ならば、断る理由も特にありませんので、お願いします」と私は同意した。男性スタッフ曰く「ここはぜひ、ご遺族さまにとりまして、満足度の高いお葬式にしたかったので……」とは言っていたものの、私のほうからしたら「どうしたら、あんな魔法のような見積金額をはじき出せるのだろう？」という思いで心の中は一杯となり、それはまるで、狐につままれたような気持ちであった。

打合せも後半に入り、食事の話になった。「忌中払いはどうなさいますか⁉」と聞かれた。「えっ、忌中払いって何ですか？」と私が聞くと「精進落としはご存知ですよね。最近は、精進落としというより、皆さん、忌中払いと言うんですよ」。「なるほど、そうですか。うちのケースは、家族三人での一日葬なので、ちょうど火葬場での待ち時間に、ご住職含めた四人で食べるのもいいですね。このパンフレットを見ていると、懐石料理のケータリングもありますね。うーん、でもこちらを見ると、贅沢なお弁当もありますね」

ここで、私の持病である不安障害が、ふと頭をかすめた。「もしかしたら、父の葬儀で、想像以上に狼狽してしまって、気持ちが悪くなるかもしれない。懐石料理なんかが出てきて、一口も手を付けることができなかったとしたら、ご住職に相当おかしな目で見られるだろうな……」

そんなことを頭の中で妄想していると、男性スタッフが「昔は、ほぼ百パーセント、懐石料理などのケータリングが人気だったのですが、今はコロナの影響で『私は皆さんとご一緒に会食をしたい』と申される方と『私はコロナ禍だから、お食事は失礼させていただきます！』という方の二手に分かれてしまうのです。そこで今は、ちょっと豪華なお弁当をご用意させていただき、食べたい方はその場で食べていただいて、お持ち帰りしたい方は、お弁当をお持ち帰りしていただく、というのが今現在の主流になりつつあるのですよ」と言われた。

「なるほど、そうだ‼」「お弁当にしよう。具合が悪くなったら、僕だけお弁当を持ち帰ればいいんだ‼」「これなら、ご住職にもそんなに不自然には思われないはずだ……」

私は即座に「それにしても、豪華で彩り豊かで美味しそうなお弁当が並んでおりますね」

と問い掛けると、男性スタッフ曰く「今、うちが一番力を入れているのがお弁当なんです。忌中払いに相応しいお弁当をご用意しておりますので、ぜひお勧めですよ」その一言で、忌中払いには、四人でお弁当を食べることに決定をした。

最後に、住職との読経料・戒名料の話題になった。

「明日は、お寺でご住職との打合せが組み込まれているとお聞きしましたが、やはりどなたでもお気になさるのは、お布施に関するお話ですよね。参考程度に聞いていただけるとありがたいのですが、まずは読経料からお話しましょう。一日葬と言えども、通夜・葬儀・火葬前・初七日法要と、一日で四回の読経をまとめて行います。あくまで参考程度に聞いていただきたいのですが、一回五万円×四回＝二〇万円と思っていただければ結構です。次に、戒名料についてですが、一文字あたり一〇万円と考えておいてください。よって、戒名の文字数が、五文字を希望するならば五〇万円、十文字を希望するならば一〇〇万円、これもあくまで参考程度にお知らせしたまでで、必ずしもこの計算が当てはまるとは限りませんので、何卒よろしくお願いします」

寺の住職との大切な打合せ

本日（五月七日）は、午前十時より、寺の住職との大切な打合せの日である。住職曰く「戒名を付けるには、嘉章さんの生前の生い立ちや、人となり、趣味、そして就いていた職業などをじっくり一つ一つ丁寧にお聞きをし、イメージを膨らませ、文字を起こしていくとても大切な作業です。ぜひとも、お父さまとの思い出をお聞かせ願いたい」と申してきたので、この件については、私ではなく、母に話させるべきだと思った。当たり前の話だが、父は、私と過ごした時間よりも、母と過ごした時間のほうが長いからである。そして、後半においては、戒名料や読経料に関するお布施の話になると申していたが、その件については、母は一切口を挟まないと言っていたので、すべて私が担当することにした。

午前十時、寺の本堂に母と私の二人でお邪魔をし、テーブルについていると、しばらくして住職が部屋に入って来た。挨拶を済まし、母が、父との思い出話を早速語り始めた。父の生い立ち・人となり・趣味・職業などについては「第4章　父、嘉章の生い立ち」のところで、詳しく述べたいと思うので、この章では割愛させていただくが、とにかく住職は、母が言った一言一句を聞き漏らすことなく、事細かに手帳に記載をしていった。

母が一時間近くもの間、父との思い出話を語ったところで、続いていよいよお布施の話に移行した。私は事前に親戚の叔母に確認しており、「戒名料は八〇万円だったよ。ただし、もう十五年以上も前の話だし、先代のご住職が、まだ存命していたときの話だから、息子さんに代替わりしてからは一切わからないのよねぇ」とのことだった。

はじめに、住職は「何文字の戒名をご希望なさっているのか？」と確認をしてきた。ちなみに「私の寺では、戒名料と読経料は別々にいただくものではなく、一緒くたにお支払いをしていただくものとして考えておりますことをご理解ください」と申された。

私は、石島家は先祖代々、十文字の戒名をいただいていて、当然ながら、父より先に亡くなっていった兄弟たちも皆、十文字の戒名をいただいている。その中でも、父は、石島五人兄弟の本家として長年、祖父与三郎の面倒を最期まで責任をもって世話してきた人だ。

「先に亡くなっていった兄弟たちが戒名十文字で、パパだけが戒名十文字未満になるのは、パパに合わせる顔がないから、絶対にそこのところは妥協しないでよね‼」とは前々から、母が口を酸っぱくして言っていた常套句である。ここは覚悟を決めて「石島家の功労者として、十文字の戒名を希望します」と、住職にお伝えした。さらに石島家の先祖代々にならって、院号と、位号の居士《こじ》も譲れないことを付け加えた。

それまで柔和な表情だった住職が突然に、歌舞伎役者の市川海老蔵あらため十三代目市川團十郎ばりの「にらみ」を効かせて、堰を切ったかのように語り始めた。その大きなどんぐりまなこは、まるで血走っているかのようなド迫力である。

「石島さんが、今おっしゃっていることは、他の檀家さんと比較しての話だが、とんでもない要求をしているということは、ご存知ですか!?」「寺に一生従事しているものですら、戒名十文字の院号をいただけない人たちが、ごまんといるのですよ。戒名の文字数に、うちは料金を付けるなどという習慣は一切ないのだが、あえて付けるとすれば、あなたが今要求している戒名は、最低一二〇万～一五〇万円程度のお布施をいただかないことには、他の檀家さんの手前、顔が立たないことになる。ところで、石島さんの腹の中にあるお布施の金額とは、どの程度のものを考えているのだろうか?」

私は、瞬時に、昨日お会いした葬儀会場の男性スタッフが知恵付けてくださった「戒名料は一文字一〇万円×十文字＝一〇〇万円、読経料は五万円×四回＝二〇万円」を頭に思い浮かべ、私が今要求しているものは、総額一二〇万円程度だと判断をした。ということは、住職がおっしゃっているお布施の額が、まんざらハッタリではないことも理解できた。

「これは、口が裂けても、八〇万円でお願いしたいとは言えないではないか!!」と思った。

私は、住職に対し、意を決して恐る恐るこう返答をした。「ちょうど区切りのいい数字である一〇〇万円を考えておりました」

すると住職は「もし仮に、一〇〇万円を切るなどという事態が起こったのならば、もってのほかであったが、今、石島さんがおっしゃった金子の額は、最低ギリギリのラインと言ったところであろうか!?」「ウム、これから何年もかけて、石島さんには徳を積んでいかれることを大いに期待をして、今回は一〇〇万円で手を打ちましょう」と答えてくださった。

ようやく私は、肩の荷が下りた。母と私の二人で、住職に挨拶をして、寺をあとにした。正直、とにかく疲れた。住職の強烈な「にらみ」が今でも忘れられない。時計の針は、お昼の十二時になっていた。およそ二時間も打合せをしていたことになる。

帰り際に、昼食を済ませ、そのまま車で父の遺体が安置されている葬儀会場に向かった。安置室での父との対面は、茶毘に付されるまで、午前九時〜夕方五時までの間であれば、毎日許されているから、当然のことながら、毎日会いに行っていたのだが、今日はエンバーミング施術後、初対面となる。「果たして、どんな姿になっているだろうね！」と言いながら、いざ安置室へ。率直な感想「やっぱり施術前よりキレイな顔をしている。薄っすら死に化粧をしていて、口周りの髭もキレイに剃れている」。満足感に十分浸りながら、会場をあとにした。

今日はとにかく忙しい。午後三〜四時の間に、福祉用具レンタルの会社が、自宅に車椅子と電動ベッドの回収にやって来る。三時ギリギリに帰って来て、まずは部屋の掃除をしていると、しばらくして、福祉用具の担当者が、父の使っていた車椅子と電動ベッドを回収しにやって来た。ベッドを分解し、あっという間に片付けは終了した。

父が入院してから、今まで約一か月もの間、父のベッドをあえて返却せずにいたのだが、電動ベッド回収後の父の部屋は、がらんとしていて、なんとももののさみしい光景となった。改めて、父の存在感の大きさを感じざるを得ない日となった。

葬儀前日の僕と父二人だけによる最期の別れ

いよいよ葬儀前日である五月八日の朝を迎えた。今日は、特に何の予定も入れていない。でも私の頭の中には、今日の一日の構想は既に組み込まれていた。

今日は、お昼前に、兄も連れて、家族全員でホールの安置室に、父の対面に行こうと思っていた。その後、夕方六時以降に、この間もお世話になった鍼灸マッサージ院に施術に行こうと思っている。というのは、明日の葬儀の喪主の役目をちゃんとこなし、そして乗り切るためにも、前日に施術をしっかり受けておいて、コンディションを整えておく必要があったからである。そして最後にもう一つ、私の頭の中に、計画をしていたことがあるのだが、今はまだ伏せておこう。

午前十時頃になり、母に「今日もホールにパパとの面会に車で行く予定だけど、お兄さんも行くかな？　お兄さんは、パパが四月七日に入院をしてから、一度もパパに会いに行っていないでしょ!?」と話したところ、母が兄を呼び出し、問いただしてくれた。結果は「行く」との返事だった。早速、準備を整え、家族三人車に乗り込み、ホールへと向かった。

安置室の前に行き、係の人に挨拶を済ませ、安置室の中へ入る。いつもの儀式であるお線香を手向け、それから顔伏せの白い布をそっと外して、亡き父の顔を拝む。「いよいよ明日が、本当にパパとの最期のお別れだね」などと言いながら、安置室を出た。そのとき私は、係の人に「夕方四時過ぎに、私一人だけで、再度お伺いしたいと思いますので、よろしくお願いします」とそっと囁いた。ホールをあとにし、久しぶりに家族三人で、帰り途中に、寿司店に入り、昼食を食べることにした。

午後も三時半を迎え、私は母に「ちょっと、パパのところに一人で、もう一度会いに行ってくるわ」と伝え、車を走らせた。ホールの駐車場に車を停め、中へと入る。先ほどの係の人に再び挨拶を済まし、安置室へと入った。誰にも理由を言わずに、再度一人で父に会いに来た本当の理由《わけ》とは……。父と私の二人だけの時間《とき》に、父へのありったけの感謝の気持ちを最期に述べておきたかったからである。父の顔に掛けてある、顔伏せの白い布をそっと外し、私はゆっくりと父に語り掛ける。

「今まで本当にありがとうございました」「お疲れ様でした」「最期は病院に入院になっちゃって、いろいろ苦しい思いをさせちゃったね」「辛い思いをさせちゃって、それでも本当に最期の最期まで頑張ってくれて、ありがとう」「パパのお陰で、僕はここまで成長することができました」「本当に僕のことをここまで育ててくれてありがとう」「パパの子どもで本当に良かったよ」「パパの分まで、僕は残りの人生を全うするよ」「本当にありがとう」「天国でゆっくり休んでね」「天国にいるお父さん、お母さんのところへ会いに行って、あちらの世界を大いに満喫してよね」「ありがとう。そして、さようなら……」

私は、嗚咽を漏らしながら、語り尽くせるだけの言葉を父に投げ掛けた。そして、父の冷たくなった頬や髪の毛を触りながら、満足のいくまで父のそばにいた。最後に「パパ、明日僕は泣かないからね。泣くのは今日で終わり。明日僕は、パパの喪主を務めなきゃならないんだ。その僕が、オロオロ泣いていたらまずいでしょ。だから今日という日が、二人だけの最期のお別れの日だよ」

ふと時計を見ると、二十分を経過していた。もうすぐ終業時間の夕方五時になるところだった。私は、ハンカチで涙を拭き、帰り支度を整えた。再び、係の人に挨拶を済まし「明日は何卒よろしくお願いします」と一言添えて、ホールをあとにした。

夕方の六時に、鍼灸マッサージ院へ行き、明日はいよいよ、父の葬儀の日なので、今までの疲労の蓄積から、具合が悪くなることのないよう、しっかりと施術をしていただいた。

この日の夜は、不思議なことに、しっかり眠りにつくことができた。

家族三人で父を見送る

葬儀の日（五月九日）当日、珍しく目覚めは良かった。恐らく、昨日の針灸マッサージの効果てきめんといったところだろうか。

さて、本日一番の不安材料は、天気予報である。昨日の段階では、午後から雨が降るとの予報だったが、いざテレビを付けると、この地区は、どうやら午前十時くらいから雨が降ってくるらしい。私は、そのときふと思った。もし仮に、火葬場へ向かう道中、雨が降っていたとしたら、それは父の涙雨だと思った。この世にまだ未練があり、家族との別れに踏ん切りがつかないのだろうなと……。一方、式の終了まで天気が持てば、父は、我々家族のことを見守りつつ、あの世への旅立ちをしっかりと決意したのだろうなと……。そんなことを、私は心の中で感じていた。

今日の予定はザッとこんな感じだ。九時半より納棺の儀、十一時より葬儀式、十一時半より初七日法要、十二時より出棺式、一時半より火葬式である。

私たち家族三人は、車に乗り込み、ホールに少し早めの九時十五分に到着をした。そして予定通り、九時半より納棺の儀が始まった。納棺の儀とは、細かい話をしたらきりがないので、端折って簡単に説明をすると、ご遺体を安置している布団から棺に納めるための一連の儀式のことだ。我々家族三人と、葬儀スタッフ三人の計六人で、慎重に父の遺体を棺に納めた。それからしばしの休憩時間を取っていると、住職が、十一時からの葬儀式に備えて到着をされた。住職の休憩室にて、挨拶を済ませ、いよいよ十一時より、葬儀式が始まった。

静寂に包まれた厳かな雰囲気の中、住職の重厚で荘厳な感じのする読経が始まった。葬儀式と初七日法要を立て続けに執り行ったので、我々家族三人も、お焼香を二度にわたってあげる。すべての住職の読経が終わったとき、ふと腕時計を見やると、時計の針は、十一時五十分を指していた。約五十分間もの間、一切の休憩を挟むことなく、お経を上げ続けた住職の迫力は、まさに圧巻であった。

いよいよ、出棺へ向けて、父の眠っている棺に、祭壇に飾られていたすべての花を我々家族三人の手で入れる花入れの儀が始まった。ここで感極まった母が、涙を浮かべながら、花に囲まれた父の顔の表情を見守りながら、棺の蓋は、ゆっくりと閉じられた。

ホールの外には、いつの間にか霊柩車が待機しており、母が白木の位牌を、兄が花束を、そして私が遺影写真を手に持ち、整列をした。そして、そのまま母は霊柩車の助手席へと乗り込み、住職はタクシーに乗り、残された兄と私はマイカーに乗って、隊列を組んで、いざ火葬場へと出発をした。

火葬場への道中、兄と私は、曇り空ながらも、かろうじて雨が降らずにいる天気に「このまま、最後まで雨が降らないといいね……」と言いながら、車を走らせた。火葬場までの道のりは、比較的、渋滞はしていなかったので、スムーズに到着できたが、それでも約二十～三十分は掛かったと思う。

火葬場に到着をし、我々一同は、火葬場内へと入っていった。棺を前にして、納めの式が行われた。そしていよいよ火葬炉の前に棺は運ばれ、火葬場スタッフの説明のもとに、ゆっくりと火葬炉の中へと父の棺は入っていった。

火葬の時間は、約一時間ということなので、その間に、休憩室へと移動をし、我々家族三人と住職は、そこでホールスタッフが用意をしてくれたお弁当を食べることになった。いわゆる忌中払いである。お弁当は、加熱機能付きなので、紐を引いて約十分で、熱々のお弁当をいただける仕組みになっている。即席のスープやお茶もすべてホールスタッフが用意をしてくれた。

ちょうど加熱待ち時間の十分間の間に、住職から、父に付けていただいた戒名の意味について耳を傾け、わずかな隙間時間を過ごした。そしていよいよ食事の時間である。一口目の私の率直な感想は「とにかく美味しい！」「生まれて初めてくらいに、こんなに美味しいお弁当を食べた!!」であった。

そういえば「具合が悪くなったり、吐き気を催したりして、みんなと共に食事をすることができなかったらどうしよう……」などと、不安に駆られていた気持ちも、すべて杞憂に終わったようだ。

私は、お弁当を食べながら「美味しいお弁当をみんなで食べた思い出が、父との『お別れのセレモニー』を最高の思い出に昇華してくれるだなんて、想像すらしてなかったことだよなあ……」としみじみ思った。美味しいお料理のおもてなしを提供することが、いかに大切かを学んだ瞬間でもあった。

さて、時間《とき》が過ぎるのは早いもので、火葬を終えた放送案内が会場に届いた。再び我々一同は、火葬炉の前に行き、父の遺骨を二人一組となって、家族三人交互に、箸を使いながら骨壺の中に収めていった。

これで無事、一連の儀式がすべて終わった。家族三人マイカーに乗る直前に、スタッフの女性が、お清めの塩を三つくださった。私は、スタッフの女性に、思わず本音を漏らしてしまった。「親戚・知人のときには、身を清めるためにも、欠かさず使用していたけれど、今回の父の葬儀を終えて、不思議なことに、決して穢れを払い除けるような発想なんて、浮かばないんですよね。この清めの塩、果たして使う必要なんてあるのだろうか？」

我々家族三人は、鉛色の雲の中、車を走らせ、一路自宅へ到着をした。なんと到着時点において、雨は一滴も降らなかった。見事、朝から雨予報の天気予報は外れたのである。父は、私たち家族のことを温かく見守り、そして、天国へと旅立っていったのである。

一家の大黒柱が亡くなったあとの手続きは、想像以上に大変

四十九日法要までにやるべきことは、想像以上にある。

親戚・知人に、父が亡くなった旨の案内状を出すこと。白木の位牌から本位牌に改めるために、仏具店さんに行って、交渉をしなければならないこと。寺の住職へのお礼の挨拶、並びに、お布施を納めに本堂まで行き、且つ、次に迫る四十九日法要に対する段取りの打合せもしなければならないこと。お世話になった葬儀社への葬儀費用の支払い、並びに、四十九日法要にはごく身近な親戚を集めて、父の納骨式、並びに、お墓のリニューアルの

お披露目式もやろうと思っていたので、その後に開催をするお斎《とき》の段取りの打合せもした。

父が亡くなったあとに、やるべき公的な手続きとしては、市役所に行って、世帯主の変更届を提出したり、年金事務所に行って、父の年金停止の手続きをしたり、父は生前に事業をしていたので、税務署に提出するための準確定申告書の作成準備をすると同時に、父の事業廃止届、並びに、事業承継をする私の事業開業届の提出作業、さらには、遺産分割協議書を作成し、法務局に行って、相続登記の手続きをしなければならないし、最終的な大きなイベントとして、相続税の申告書を作成して、税務署に提出をすることなど、非常に多岐にわたる手続きが目白押しである。

もちろん電気・ガス・水道・電話などのライフラインの名義変更から、融資先に対する名義変更の手続きを金融機関と打合せをしなければならないし、父が生前に利用していた取引先金融機関に対する、父が亡くなった旨の報告などもしなければならない。細かい話もすれば、生命保険会社や小規模企業共済への保険金の請求など、こんなことをすべて列挙していったら、それこそ一冊の本ができ上がってしまうので、このあたりで割愛させていただきたいと思う。

ただ、一言苦言を呈するならば、母も兄も社会性が一切ないので、精神疾患持ちの私が、一切合切すべての手続きを背負わなければならないのが非常に億劫である。もちろん昔、税理士事務所に勤務していた経験があるので、このような公的手続きは、どちらかといえば得意な方かもしれないが、何しろ私自身、父親を亡くした経験が初めてなので、すべてが暗中模索の中、手探り状態で進めていかなければならない。非常に時間を要するし、次から次へとやることだらけで、正直、非常に頭が痛いのが本音である。

先祖代々続く重厚な戒名にはもう懲り懲り

四十九日までの期間、何度かお世話になった葬儀会場のベテラン女性スタッフが、自宅に打合せにいらしてくださった際に、私が「四十九日法要のお布施の額が高い！」と相談を持ち掛けたところ、その女性スタッフは、何も聞かずに、うちのお布施の金額を見事命中させてしまったのである。

ちなみに、納めるお布施の額は一〇万円。なぜ、その女性スタッフが、お布施の額を命中させたかと思いきや、本葬儀のお布施の額の十分の一の費用が、四十九日法要のお布施の額の相場になるとの方程式があるから、それに当てはめたとのこと。つまり、うちの本葬儀のお布施の額が一〇〇万円なので、単純に、その十分の一の額である一〇万円が、四十九日法要のお布施の額になるのではないかと思い浮かべたという。ベテラン女性スタッフ、まさに恐るべしである。

そういえば、仏具店の店主と本位牌作成の件で、いろいろと世間話を伺っていた際に、こんなことを言っていた。「ご先祖さまが偉大過ぎて、代々、重厚な戒名を受け継いでいたのだけれど、代替わりと共に、徐々に凋落傾向にあるので、もう先祖代々の重厚な戒名を引き継げない。もう潮時だと思うから、ここらで身を引きたい」という家も少なからずあるという。

先祖代々、文字数・院号・位号を継承し続けるということは、ご先祖さまが偉大な人物であった場合、戒名料の額も段違いに高いので「もういい加減、おろしてください！」という気持ちは、私にも十分に理解できる。実は、我が石島家も、ご多分に漏れず、ご先祖さまが偉大な人物であったからである。

正直もう、先祖代々の戒名の文字数・院号・位号の継承は、両親の代までにして、我々の代からは、最低ランクの戒名を付けてもらおうと、内心、そう思っている。

四十九日法要を営む

時間《とき》が経つのは早いもので、あっという間に四十九日法要を迎えることとなった。六月十七日、曇りときどき晴れの天気。午前十時三十分開始の法要に合わせ、ごく身近な親戚も寺の本堂に集まり、住職による読経が始まった。お経を唱え終えたあとには、住職からの説法を皆で聞き、四十九日法要の一連の儀式が執り行われたところで、坂道を下り、一同墓所へと父の骨壺を持って移動をする。いよいよ、お墓のお披露目式と納骨式の始まりである。

実は、リニューアルしたうちの墓を見るのは、家族三人今回が初めてだったので、どの程度、生まれ変わったのか、正直な話、大して期待もしていなかったのだが、現地を見て「あらビックリ！」。うちの墓は、まるで新設をした墓石のように様変わりしていたのである。おまけに、墓誌の配置など細かいレイアウトも変わっていて、正直、うちの墓地を見たときには万感の思いが込み上げてきたのと同時に「あゝ、やっぱりお墓のリフォームをしておいてよかった」との思いで、まさに感慨無量であった。

リニューアルをした墓の前に、住職がそびえ立ち、読経を始める。十五分ほどの読経を終えたあとは、いよいよ石屋さんが、カロート（納骨室）の蓋を開け、父の遺骨の入った骨壺を丁寧にカロートに安置する。それから一人ずつ、線香を手向け、納骨式も無事に終了。最後に我々家族は、石材店の社長に、何度も何度も「素晴らしいお墓に生まれ変わって、本当に感動しました」とお礼を言って、一同、寺をあとにした。

それから、父の葬儀でお世話になったホールへ向かい、お斎《とき》の時間を迎えた。私からの喪主の挨拶と献杯の挨拶を簡単に済ませ、一同グラスを持ち上げて献杯をする。このときに、上座に父の位牌と遺影を置き、陰膳《かげぜん》と呼ばれる食事をお供えしていたのであるが、叔父が「兄さんにも何か注いでやってよ！」と女性スタッフに声を掛けた。これには、百戦錬磨で経験豊富な叔父ならではの言葉かもしれないが、本当に感動を覚えた。

それと同時に、私も挨拶で頭の中が目一杯になっていたとはいえ、父への配慮の気持ちが、すっかり飛んでしまった自分を少し恥じた。

初盆（新盆）

父が亡くなったあとの一連の儀式の最後に、初盆《はつぼん》の話をしよう。新盆《にいぼん》とも表記されるが、意味はまったく同じである。

初盆とは、四十九日法要を過ぎてから迎える初めてのお盆のことである。うちの寺では、住職が例年、お盆の季節に、先祖代々の供養をしに自宅へいらしてくださるのが恒例だが、その供養とはまったく別に、父を含め、今年度に四十九日法要を迎えられた故人の遺族の方々が、一堂に会して、寺の本堂にて盛大に初盆を執り行う。ちなみに、うちの地域は、ごく一般的な八月に行われる旧盆とは違い、毎年七月に行われる。よって、父の初盆も七月下旬に、寺の本堂にて執り行われる運びとなった。

私たち家族三人は、本堂の特等席に着席をし、神奈川県内の寺の住職たちが総勢十六人集まり、一斉に読経を唱えるという、大迫力の法要を目の当たりにした。その迫力たるや、まさに圧巻で、これが由緒正しき浄土宗系の宗派で行う初盆なのかと圧倒された。

最後に、本堂に置かれていた、今年度に亡くなられた故人の方々の白木の位牌、およそ二十基に目を向け、ドキッとした。戒名十文字の位牌は、なんと父の位牌一基だけであったのだ。その他の位牌の戒名文字数は大方が九文字。中には、位牌の戒名文字数六文字の方も普通にいらしたので「あのとき、ご住職が私におっしゃってくださっていたことは、すべてが本当のことだったんだ!!」と思い起こし、改めて、住職には感謝の気持ちで胸が一杯になった。

コラム① 父の戒名の由来について

俗名：石島　嘉章（いしじま　よしあき）

戒名：嘉翁院章阿篤敬清居士（かおういんしょうあとっきょうせいこじ）

①戒名は、一般的に、俗名から一字取るという風習があります。父の場合、「章」の字が俗名にあたるのですが、今回は特別に「嘉」と「章」の二文字の俗名を頂戴しました。

②「翁」は、長老を意味します。ただし、ただいたずらに長生きすればいいのではなく、現世において、多大な貢献をした長老に名付けられる一文字です。

③○○院の「院」を院号と呼びます。これは、生前お寺や社会への貢献度の高い人に授けられます。

④うちの宗派では、男性の場合には「阿」を、女性の場合には「弌」を戒名の一部に使います。

⑤「篤」は、温厚篤実の意味があります。人柄が温厚で、情に厚く、真面目を意味します。また「篤」の字は、竹冠に馬と書きます。生前、父が大好きだった競走馬の「馬」の一字を戒名に入れていただくご配慮を賜り、ご住職には、とても粋な計らいをしていただきました。

⑥「敬」は、生前、敬われるべき人物でした、という意味合いが込められています。

⑦「居士《こじ》」「信士《しんじ》」は男性に付ける位号です。「大姉《だいし》」「信女《しんにょ》」は女性に付ける位号です。特に「居士・大姉」は、院号同様に、生前お寺や社会への貢献度の高い人に授けられます。

第4章　父、嘉章の生い立ち

石島嘉章の生い立ちについて

石島嘉章、昭和九年二月十二日、東京市（現在の東京都）千代田区平河町に生まれ育つ。男五人兄弟の次男であった。雙葉幼稚園卒業後の昭和十五年四月に、学習院初等科に入学。明仁親王（現在の上皇さま）と同級生となり、以降十二年間もの間、殿下と共に過ごした。その後、学習院中等科、学習院高等科を経て、昭和二十七年四月に、学習院大学政経学部に入学。その四年後の昭和三十一年三月に、同学部を卒業する。

明仁親王との思い出は、初等科在籍中に、互いが互いの人物像を描く写生会を催されたときに、たまたま殿下と父とが、向かい合わせに座り、容姿を描き合ったことだ。もしかしたら今現在でも、上皇さまは、父の姿を描いた絵をお持ちになられているかもしれない。ちなみに、私の自宅の居間には、今現在でも、父が描いた殿下のお姿が、大切にしっかりと額縁に飾られている。

ところで、明仁親王にはあだ名が付けられていたと言う。同級生の一人が、殿下のお肌のお色が黒いことから「茶色い素焼きの豚」と囃し立てられ、あだ名は「チャブ」に。同級生は皆、蚊取り線香をぶら下げる陶器の器を頭の中に思い描いたものだったと、父は述懐する。晩年、父が認知症になって、亡くなる数か月前まで「天皇陛下」や「上皇陛下」の言葉を出しても、大した反応を見せないのに、「チャブ」という言葉を出すと「懐かしいな……」と、呟いていたことからも、父にとっての、素敵な青春の思い出の一ページであったに違いない。

もう一つ、上皇さまのエピソードを話しておこう。この話は、私も当事者の一人であったので、今でも鮮明に覚えている。

平成三十年も暮れが押し迫ったある日のこと、自宅に一本の電話が鳴った。私はすぐさま電話を取ると、電話口の相手は、読売新聞の報道部の女性記者を名乗る人物であった。まったく縁もゆかりもない相手に「この石島家に、何か良くないスキャンダルでも持ち上がったのかな!?」と、一瞬ドキッとしてしまう自分がそこにはいた。よくよく、詳しく内容を聞いていると、どうやら今年の十二月二十三日の天皇誕生日は、天皇陛下の在籍中、最後の誕生日に当たり、読売新聞でも、陛下の特集を大々的に取り上げたいのだという。

女性記者曰く「学習院初等科四年生だった陛下の『運動会』というタイトルの作文を掲載したいのですが、石島嘉章さんの個人名が、陛下の作文に載ってしまっているのですね。

そこで、嘉章さんに、実名の記載のお許しをいただけないか、ご確認のお電話をいたした次第なのですが……」とのことだった。私は「現在父は、認知症を患ってしまい、そのご質問にお答えすることはできませんが、恐らく父は、そのことをとても喜んでいることと思いますし、息子の私から言わせていただけるのであれば、大変名誉なことだと思いますので、ぜひ、その作文を掲載していただけましたら幸いです」と返答をした。参考までに、読売新聞朝刊に掲載をされた作文を原文のまま載せておく。

運動会　10月15日
きのうは運動会がありました。いよいよ徒競走です。私はさか木さんや石島さんや中村さんたちといっしょに出発線に並びました。すず木先生のピストルの音とともにみんなは一せいにかけだしました。いつの間にか私はおしまいの方になっていました。そこで一生けんめいに走ってとうとう二人追いこしました。うれしさで胸が一ぱいになりました。けっ勝てんに入ると私は五とうになっていました。（読売新聞　朝刊　平成30年12月23日　日曜日『徒競走 諦めずゴール』より）

定年までサラリーマン一筋の父

父は、大学卒業後の昭和三十一年（一九五六年）四月に、東京テアトル株式会社に入社をする。映画館・キャバレー・ボウリング場の運営を、主な事業として展開していた会社への入社であった。日本映画全盛期とされる一九五〇年代に入社をしていることからも、今でこそ、斜陽産業と言われる映画界だが、当時はまだ花形産業と持て囃され、映画こそが庶民の娯楽として親しまれていた時代でもあった。

父は、こよなく映画と音楽を愛していたので、自分の好きなことを仕事にできた人だと思う。もちろん、いろいろな部署に配属させられ、非常に苦労の多いサラリーマン生活だったと思うが、六十歳の定年に至るまで、三十八年間、東京テアトル株式会社一筋、勤め上げたことは、息子の私から見ても、誇りに思う。

六十歳の定年後は、保険代理店の仕事を立ち上げ、個人事業主として、七十歳に至るまで、約十年間、保険代理店の仕事を全うした。

母の大きな夢を叶えてあげた父

ここで少し、父の人となりについて、話しておこう。私から見た父は、真面目・温厚・実直・せっかち・口数の少ない人でもあった。ちなみに「口数の少ない」と言ったが、何か不明な点があると、何の躊躇いもなく、電話を掛けたり、あるいは、直接窓口へ出向いて行き、平気で問い合わせのできる超積極人間でもあった。非暴力の人だったので、父からは人生で一度たりとも殴られたことなどない。それは、父が認知症になってからも同様で、最期の最期まで優しく穏やかな人だった。

母からもエピソードを聞いたが、「私は、何度もパパのことを怒鳴ったことがあったのに、パパは一度たりとも、私のことを怒鳴ったことなどなかったわ」「パパがいつものように、会社から帰宅をしたときに、たまに私が親戚・知人と、夕飯の支度などそっちのけにして、麻雀をしていても、パパは文句一つ言わずに、黙って『じゃあ、夕飯の食材を買ってくるよ』と言って、仕事用のカバンをサッと玄関に置いて、黙々と食材を買いに行くような人だったわ」、それから、こんなことも言っていた。

「兄が難しい病気で長期入院したときでも、パパは、仕事が休みの週末には、黙って一人自転車に乗り、三十分以上走らせ、兄のいる病院に毎週欠かさず見舞いに行くような人だったわ」。そして「パパは、一切、私に手伝わせることなく、お義父さん（与三郎おじいちゃん）のことをお風呂に入れてあげたり、顔剃りをしてあげるような人だったわね」

終わりに、母が父に対して一番感謝しているという話を二つしてくれた。

一つ目は「私が新築の家が欲しいと言ったときに、一緒に行った住宅展示場のモデルハウスがどうしても気に入らなくて悩んでいたときに、そこの住宅メーカーの営業担当が、わざと、外資系の住宅メーカーのモデルハウスを私たちに見せつけて、お金さえ出せばいくらでもいい家は建つけど『奥さん、ご主人の安月給じゃ、このような家は、絶対に手に入りません!!』と、引導を突きつけたのよ。そのあと一本の電話が掛かってきて、パパが『今、銀行と話し合って、算段をつけたから、外資系の家を買うことに決めたよ！』と言ってくれたことね」

そして、二つ目は「私がある占い師に、鑑定を受けに行ったとき、パパがアパート経営に向いている人だと、占い師に言われて、家に帰ってからパパに『お願いだからアパートを建てて欲しい！』と相談を持ち掛けたところ、パパは黙って、莫大な借金をこしらえて、二棟のアパートを建ててくれたのよ」

結局、父は、母のために大きな夢を二つも叶えて、あの世へと旅立っていったのである。

父の趣味について

最後は、父の趣味についても少し触れておこう。「映画鑑賞」、「音楽鑑賞」、「競馬」の三つと言っておけば、まず間違いはない。

映画鑑賞については、先ほども話した通りだが、映画関連の会社に入社をするくらいだから、筋金入りだと思う。母と結婚後も、弟夫婦と一緒に、本当によく映画館巡りをしていたのを、私もよく記憶している。

音楽鑑賞については、主に昭和歌謡とハワイアンをこよなく愛していたようである。父は、特に歌番組が大好きで、昭和時代の曲は、すべて覚えているくらいに好きだった。またハワイアンについては、父が五十代の頃に、母のほか、親戚・知人も一緒に、みんなでハワイに行って、とことんハワイアンを満喫してきたと、のちに母からは聞いている。

最後に、競馬についてであるが、実は、父は競馬好きが高じて、競走馬を買ってしまった過去があり、それはちょうど、昭和四十年代に掛けての話であった。日本中央競馬会（現在のＪＲＡ）の馬主になるなんて、ドケチで小心者の私からしたら、とんでもなくあり得ない話なのだが、どうやら七年足らずの短い期間ではあったものの、父は、生涯唯一の持ち馬に「フラワーレイ」と命名をし、長年の馬主になる夢をついに掴み取ったという。ちなみに、「フラワーレイ」の本当の名付け親は、父ではなく母であったと、のちに母親本人から聞かされ、少しビックリした。

その馬が、ご多分に漏れず、鳴かず飛ばずの馬で、次の出走で優勝しなければ、いよいよクビだというレースに、夫婦揃って、府中競馬場へと出向き、競走馬のオーナーの特権である馬主席から、最後の「フラワーレイ」の雄姿を見納めに行ったときに、まさかの奇跡は起こった。最後の最後に、鳴かず飛ばずの「フラワーレイ」が優勝してしまい、そのときは、それこそ記念撮影などのセレモニーに大忙しだったと、のちの父は述懐している。

ただし、後にも先にも、優勝したのは、この一回限りではあったのだが、父はれっきとした日本中央競馬会の馬主として、一回の優勝を記録した人物として、歴史に名を刻んだ稀有な人でもあった。

第5章　八年間にわたる在宅介護生活奮闘記

世の中には医者の誤診は、ごまんとある

第二章でもまったく同じことを書いたが、父が七十五歳を迎えるか迎えないかであった頃だと思う。「帳簿の数字がどうしても符合しない！」と言い出し、父が青い顔をしていた。行き詰まってしまった父に対し、ちょうど病み上がりの私は、昔、税理士事務所に勤務をしていた経験から、父のアパートの帳面に関するすべてを請け負うことで、ピンチを乗り切る形となった。今思えば、その頃より父は、認知症の初期症状に侵されていたものと思われる……。

実は、同じ頃に、もう一つ、父は事件を起こしている。「辻堂駅近くにある青色申告会に行ってくる！」とは言ったものの、予定よりも早く自宅へ帰って来た。聞けば「辻堂駅前の道が工事をしていて、その先にある青色申告会にどうしても辿り着けなかったんだよ」とのこと。母と私は、「そんなバカな！」という表情を浮かべたが、「まだらボケの一種でも始まったのかな？」という程度で受け流してしまった。

また、父が喜寿を迎える頃には、自分の誕生日を和暦では言えるのに、西暦では言えなくなっていた。心配をした母は、父を町の脳神経外科に連れて行き、院長に脳のＭＲＩの画像を撮っていただいたが、「ＭＲＩの画像を見る限り、ご主人は、認知症ではありません！」と断言をされてしまった。今から思えば、これは、れっきとした院長の誤診である。

　読者の皆さまは、世の中に、「医者の誤診など果たしてあるものだろうか？」とお思いだろうが、私は、今までに何度か、町医者の誤診を経験したことがある。一度目は、私がまだ二十五歳くらいのときである。微熱があり、胸も痛いので、近所の町医者に行ったところ、風邪だと診断を受けた。その後、微熱もすっかり下がったのだが、胸の痛みだけが取れないので、二度三度とこの町医者の診察を受けたが、「風邪」の診断の一点張りで埒が明かない。困った私は、医者をやっている親戚の伯父のもとを訪ね、診てもらったところ、肺炎の症状があると診断を受けた。

　そのとき、伯父に言われた言葉は、「あまり同業者のことを悪く言いたくはないのだが、完全なる誤診だね。残念ながら、いくら風邪薬を飲み続けても、肺炎は治らないんだよ！」と言われた。

　もう一つは、最近の話になるが、兄が三十八度以上の熱を出し、私と一緒に近所の町医者に連れて行ったのだが、「解熱鎮痛剤を服用して、様子を見ましょう」と言われた。解熱剤を服用すると、一時的には熱が下がるが、すぐまた三十八度以上の熱を出し、町医者は、解熱鎮痛剤を処方する。その繰り返しを一か月にわたり重ねていたところ、ある日、兄は猛烈な腹痛と高熱で、総合病院に救急車で救急搬送されるに至ってしまった。

実は、兄は酷い腹膜炎を起こしていたのである。ＩＣＵに運ばれ、一命を取り止めたが「手遅れもいいところですよ。なんでこんなになるまで放置したのですか？」「高熱などのサインが繰り返し起こるので、普通は異変に気付くでしょう!?」とお叱りを受けてしまった。

もう一度言おう。世の中には医者の誤診はごまんとある。悪いことは言わない。腑に落ちない結果が出た際には、セカンドオピニオンを受けることを、ぜひともお勧めをする。

医者に認知症と診断をされる

認知症の初期症状らしき気配を感じつつも、家族全員が、年相応のまだらボケとばかり思い込み、また父本人も、大きな事故を起こすことなく無事、傘寿のお祝いを家族一同で迎えることができた。

確かあれは、八十歳を迎えた年の十月だったと思う。突然父が、自宅の廊下に倒れ込み、動けなくなってしまった。その頃の我々家族といえば、不勉強もいいところで、こういうときに一体何をすればいいのか、右も左もわからず、迷いに迷った末、救急車を要請した。そのとき、救急隊員さんに言われたのは、「ご主人お熱も相当ありますよ。すぐに病院行きの手配をしましょう」と言われたこと。当時の私たちは、今では考えられないことだが、父が倒れても、体温一つ計ることすら怠っていたのである。

A総合病院に運ばれた父の診断結果は、尿路感染症と誤嚥性肺炎の疑いがあるとのこと。十日間程度の入院が必要になると言われた。その後、予定通り退院になったはいいが、病院サイドから、寝耳に水の現実を突き付けられた。

主治医の先生曰く「深刻な認知症の症状があるから、至急、市役所に相談をして、介護サービスを受けられるよう、事務的手続きを踏みましょう。それから主治医の先生も見つけておきましょう」と言われてしまったのである。

そのとき私の胸の内では、出し抜けに、聞き馴染みのない言葉の数々を並べ立てられ、頭の中は、「?」マークで一杯となり、すっかり困り果ててしまったのを、今でも鮮明に記憶している。

それから数日後、私は、近所の公民館（市役所の出張所）の一角にある、地域包括支援センターを訪ねることにした。ペンとノートを持参して、父の状況を洗いざらい話し、専門員スタッフのアドバイスに耳を傾けた。スタッフの方は皆、優しく接してくれ、いろいろなご指導をいただくこともできて、私自身、大変心強かった。

次に、父の認知症を診ていただく主治医の先生を探すこととなった。三年前に誤診をされた経験があるだけに、主治医探しには慎重になった。父の退院時に、看護師さんから、認知症の患者さんを診てくださる病院リスト一覧表などの資料を豊富にいただき、且つ、地域包括支援センターの専門員スタッフにも相談に乗ってもらい、最終的には、自分自身もネット検索をし、今回ばかりは、注意深く、かかりつけ医を決めた。

予約日当日、父と母と私の三人で、B病院にある認知症外来のT医師のもとを訪れた。T先生は、私の説明を真摯に受け止め、早速、父を別の個室に連れて行き、年齢や、今の季節や、野菜の名称をいくつも答えさせ、いろいろなテストを行った。これは、長谷川式認知症スケールという代表的な認知症の簡易的知能検査と言われるものらしい。確かあのとき、野菜の数を五～六個答えられたと言っていた。その当時はゾッとしたが、今思えば、八十五歳前後には、父はもう、すべての野菜の名前を答えることができなくなっていたから、それを考えれば、当時はまだマシな方だったのかもしれない。

それから、Ｔ先生と我々が話を詰めていく中で、父が、物忘れの症状の出始めた頃から、恐らく認知症の初期症状は、始まっていたのではないかと、おっしゃってくださった。「脳神経外科で、ろくな問診もせずに、脳のＭＲＩの画像のみをジッと眺めて『認知症ではありません！』と診断を下すのは、あまりに乱暴な診察過ぎて、ある種、片手落ちの診断と言われても仕方がありませんね」と、Ｔ先生は、丁寧に答えてくださった。

介護認定までの一連の流れについて

地域包括支援センターのスタッフに、介護サービスを受けるための市役所への申請手続きを、懇切丁寧に手伝っていただき、さらには、Ｂ病院のＴ医師より、「意見書」の記載をしてもらい、ひとまず準備は整った。のちに、市役所から派遣をされた認定調査員が自宅にいらして、父との対面を果たし、あとは結果を待った。結果は、要介護一の認定結果通知書が、その他書類一式とともに、郵送で送られてきた。

ちなみに、父の要介護の認定が、もし仮に、要支援一～二であった場合には、いろいろとお世話をしてくださった地域包括支援センターが、引き続き、父のお世話をしてくださることになっていたのだが、それよりも、さらに状態の重い、要介護一～五の認定を下されると、居宅介護支援事業所の管轄になってしまうのである。うちのケースは、要介護一の認定を受けたため、居宅介護支援事業所よりケアマネージャーが、自宅に派遣をされて、今後の父のすべてのお世話をする運びとなった。

読者の皆さまにも、少しでも参考になるように、もう一度、話を整理しておくが、万が一、親御さんが倒れられたなどの不測の事態が起きて、介護が必要になった際には、地域包括支援センターに必ず相談に行くこと。地域包括支援センターの所在地がわからなければ、市役所（市区町村役場）へ出向いて、事情を説明すれば、教えていただけるはずである。地域包括支援センターでは、いろいろな介護に対するアドバイスをいただけるほか、市区町村の窓口へ提出をしなければならない「要介護認定・要支援認定申請書」への記載方法を、一から丁寧に教えていただけるはずである。

それから、もう一つ、大切なことは「主治医」または「かかりつけ医」の先生を見つけておくこと。理由は、要介護認定を受ける際には、医師の「意見書」が必要になるからである。

後日、施設や自宅などにて、認定調査員の聞き取り調査があるが、変に取り繕うことなく、自然体で調査に臨めば、それで十分である。認定結果については、訪問調査のあと、原則三十日以内に郵送にて通知をされる。

それから、申し遅れたが、要介護認定は、六十五歳以上で介護が必要と認められる場合に、サービスが利用できる。四十歳〜六十四歳の方に関しては、特定疾病に該当する場合のみ、サービスが利用できることとなっている。

最後に、要支援一〜二と認定をされたら、地域包括支援センターのお世話になることとなり、要介護一〜五と認定をされたら、居宅介護支援事業所のお世話になることとなるのだが、ここの一文は、大して大きな問題ではないので、聞き流してもらって構わない。

私たち家族と一緒に帰りたがっていた父の姿が忘れられない

要介護一の認定を受けた父は、我々家族サイドとケアマネージャーとの間で、話し合いを重ね、今後、父が快適な介護生活を送るためには、どのようなケアプランを作成していったらいいのかを重点的に打合せた。

その結果、まずは、住宅改修をして、できるだけ自宅をバリアフリー化することに目を向けた。自宅の廊下に手摺りを付ける工事を施し、さらには、自宅の玄関から外へ出る階段部分に手摺りを付ける工事を施した。

次に、介護福祉用具レンタルの会社より、ベッドサイドに、立ち上がり動作を助ける、商品名「たちあっぷ」という補助手摺りをレンタルし、さらには、ベッドからのスムーズな立ち上がりを助ける、突っ張り棒をセッティングし、足腰の弱った父の強力な補助器具として、以降、八年間にわたり、大変重宝させてもらった。

最後に、家に引き籠もってしまうと、認知症の症状は、どんどん進行してしまうということで、デイサービス（通所介護）ないし、デイケア（通所リハビリテーション）の検討をした。デイサービスは、どちらかというと、レクリエーションを全面的に打ち出した施設のことだが、一方のデイケアは、レクリエーションと同時に、歩行訓練などのリハビリも兼ね備えた施設のことである。父の場合、足腰の衰えが顕著だったこともあり、一週間に一回、デイケアに通うプログラムを組み込んでいただいた。

父がデイケアに通い始めて、一か月近く経った頃、父が施設で、ちゃんとほかの仲間の皆さんと馴染んで過ごしているかを、ケアマネさんと母と私の三人で見学しに行くことになった。お昼近くに、父の通っているデイケア施設をこっそりのぞいてみると、父の姿が目に入った。父は、すぐに母と私に気付き、ニコリとした。折り紙を前に、ハサミやノリを使って、何かを工作しているところだった。しばらくの間、我々は施設を見学してから、帰り支度の準備を始めた。

別れ際、気を利かせて、施設のスタッフさんと父が、出口付近まで我々三人のことを、見送りに来てくれた。母と私は、父に対し「午後の部もしっかり頑張るんだよ！」と一声掛け、きびすを返したときに、何気なく、ふと父のほうを振り返ると、父のつま先が、施設の方角ではなく、我々三人の方角へ向けて一緒になって、一歩足を踏み出し掛けているではないか!?

「パパは、僕たちと一緒に帰るんじゃなくて、午後にもう一仕事してから、うちに帰るのだから、もうちょっと頑張ってくるんだよ」となだめて、事なきを得たが、私の気持ちは、少し切なくもなった。帰り際に母に対して「なんといっても、パパは、施設で仲間と過ごす以上に、うちで家族と一緒に過ごすことのほうが一番だからね。僕たちと一緒に帰りたかったんだろうね」と話し掛けたのを、今でもよく記憶している。

父が亡くなった今でも、ときどき思い出してしまう光景であり、今でも脳裏に焼き付いて離れないのだが、その光景を目の当たりにした当時は、切なかった思いと同時に、「父のことを施設に入居させることなく、最期まで、責任をもって自宅で介護してあげなくちゃ」と決意表明をした日でもあった。

本格的な徘徊は一回だけ

父の足腰は、相当に弱っていた。とはいっても、八十歳で認知症と診断をされてから、最初の二〜三年ぐらいは、一人でヨタヨタ歩くことができた。なので、認知症になってからの懸念材料である徘徊について、まったくノーマークにしていた訳ではない。それでも、温厚で大人しい性格も相まってか、勝手に家から飛び出すような真似はほんの数回、それもほとんど未遂で終わっていた。

父が認知症と診断をされて、一年くらいが経過した頃、夜中に、母から叩き起こされた。何事かと思いきや、母の隣で寝ていた父が、家中どこを捜しても、どこにもいないと言う。時計の針は、深夜の三時過ぎである。季節は、寒さ厳しくなりつつある師走の十二月。母と兄と私の三人は、手分けをして、父を捜すことになった。問題は、海と商店街のどちらに向かって歩いて行ったかである。一番心配なのは、海に向かって歩かれると、深夜といえども、交通量も多いので、大変心配である。三人で、三方向に分かれて、捜査を開始した。

しばらく捜し続けたが、まったく気配がない。だんだん、私にも焦りの気持ちが色濃く出始めた頃、違う方角から、母が飛んできて「今、パパを見つけて、お兄さんに確保してもらっているから、早く来て！」と言われた。父のもとに駆け付けると、パジャマ姿の父は、兄に抱き抱えられていた。それから、兄が父の左肩を、私が父の右肩を抱えて、転ばすことなく、ゆっくりと自宅へ向けて、連れ帰ることにした。帰り際、父は「怖かったよ～」と小さな声で何度も呟いた。

自宅へ到着し、寝室まで父を連れて行った。父の身体をチェックしたが、転んでアザを作っている気配はない。父をベッドに寝かし付け、「もう大丈夫だからね。怖かった？」と問い掛けると、「怖かったよ」と少しおびえた顔付きで、父が囁いた。しばらくすると、父は、そのままスヤスヤと眠りについた。

それにしても、奇跡的だったのは、寒さ厳しい十二月の真夜中だというのに、この日ばかりは、生暖かい空気が漂っているかのような真夜中の三時過ぎであったこと。そのお陰もあって父は、風邪を引くこともなかった。さらには、交通量の多い海方面ではなく、商店街に向かって歩いて行ってくれたことも幸いした。このとき私が感じたことは「父はご先祖さまに守られているのだな！」という思いだった。

この日を境に、玄関の施錠については、鍵を掛けるのは当たり前のこと。それと同時に、夜寝る前には、必ずチェーンロックによる施錠もするよう、家族会議で決めた。ちなみに、認知症の人によくある傾向だが、昔の習慣はしっかり覚えていても、新しい習慣は覚えることができない！　というきらいがある。昔から玄関にチェーンロックは付属していたが、父は一度も使用した経験がなかったこともあり、新しいことを一切覚えられない父は、チェーンの外し方がわからず、この日を境に、一切、徘徊をすることはなくなった。いや、正確に表現をすれば、徘徊は、二重施錠のお陰で、すべて未遂で終わることとなった。

認知症を境に、すっかり童心に返った父

ここで、第四章でも書き綴ったが、父の性格や人柄について、再度、取り上げておこう。認知症になる前の父という人は、感情を表現することの非常に下手な人であった。よって、喜怒哀楽の感情を爆発させることなく、ただ目の前の物事を淡々とこなしていく人だったので、こう言っては、大変失礼な言い方かもしれないが、本当に面白みに欠ける人であった。

私が幼い頃から、父という人は、楽しい出来事や嬉しい出来事があったとしても、それを表に出さずに、とにかく寡黙で物静かな人だったので、子供心にどこか物足りなさを、私はいつも感じていた。反対に、怒りの感情すらも表に出さない人だったので、私のことを叱り付けたり、暴力を振るわれた経験も一切記憶になく、その点に関しては、逆に有難かったのかもしれない。

父は、社会で生きていくための術を、一切私に叩き込むようなことをしなかったので、私は、社会に出てから、世間知らずと言われ、随分と苦労をした。母に言わせると、父は、

人にものを教えるのが非常に下手な人だと言う。教えるのが下手な代わりに、やれることは、すべて父一人で片付けてしまう人だったので、母も私も経験をさせてもらう機会が、なかなかなくて、その結果見事、経験不足が露呈をし、どんどん社会から取り残されていく悪循環が生まれた。

母は未だに、銀行に行くのも、役所に行くのも大の苦手で、「お嬢さま育ちとか、社会性がない！」とか言われるが、父が社会で生きていくための術を、ちゃんと母に教えて来なかったのも一理あったと私は思う。

そんな父が、八十歳で本格的な認知症を発症して以降、すっかり、性格や人柄が変わってしまった。根底にある温厚さや、穏やかさはまったく変わらないのだが、喜怒哀楽の感情を素直に表に出し、まるで童心に返ってしまったかのようだ。それはまるで邪気のない子供のようで、可愛らしい人間に生まれ変わってしまった!! という表現がしっくりくるのかもしれない。私は、そんな無邪気で純真無垢な父が大好きだった。誤解を恐れずに言えば、認知症前の父より、認知症後の父を大好きになった。

例えば、夕飯時になり、食卓にたくわんを並べて置いておく。父は、たくわんが大好物なので、人の目を盗んでは、たくわんを一つまみ、二つまみと食べる。その仕草がなんとも可愛らしいのだ。黙って見ていると、五枚でも六枚でも平気で手を出してくる。最終結末は、母の怒りを買い、たくわんの容器は、冷蔵庫の中へと片付けられてしまう。

また、家族みんなで音楽番組（昭和歌謡）を見ていると、父が、突然大きな声で、鼻歌を歌い始めるのである。私が気を利かせて「よく知ってるね！」と合いの手を入れると、「有名な曲だもん。当ったり前よ！」とお決まりのセリフ。昔なら、人目を気にして大きな声で歌い出すような人では決してなかったのに、認知症を患ってからは、人目など一切気にせず、子供のように無邪気に歌い出すのが、またなんとも微笑ましい光景に見て取れた。

「孝行したいときに親はなし」とは、よく言ったものだが、邪気のない童心に返った父のことを見ながら「父に恩返しをするチャンスを、僕は神様からいただけた幸せ者なのだ！」と自分に言い聞かせ、父に対する惜しみのない全力介護を神に誓った。

父の日常生活について

父の八年間の介護生活は、一週間に一回のデイケア外出と、病気による入院中を除けば、自宅に籠もりっきりの生活を続けていた。

ただし、一人寂しく自宅に籠もっていることは一切なく、母か兄か私が必ず側についてあげた。だから、自宅で父のことを一時間以上、一人きりにさせたことなど、まずないと記憶をしている。

例えば、母が風呂に入るときには、兄か私が、父の側にいるといった感じだ。そういえば、よくあったのは、母が隣近所の叔母の家にちょっと遊びに行くときなどは、私が父と二人で、よく留守番をしたものだった。すると、父は私に「ママはどこに行ったんだ？」と問い掛けてくる。私は「隣の叔母さんの家に遊びに行ったから、僕たちは、お留守番をしているんだよ」と答える。「そうだったのか」と納得したのも束の間、三分後には、同じ質問を繰り返してくる。私は、丁寧に同じ答えを父に返してあげる。すると、父は再度納得をする。誰も信じないだろうが、このやり取りは、その後永遠に、五十回くらい続くのである。

今でも本当に不思議に思っているのだが、たとえ父に同じ質問を五十回繰り返されても、私自身、まったく怒りやイライラの感情は湧かなかったのだ。母などは、父に二度同じ質問をされるだけでも、怒りの感情をあらわにしていたのだが……。ちなみに、私が常に心に抱き続けていたことは「父のやっていることは、決してわざとじゃない。病気なのだから、仕方のないことなのだ」。私の場合、そう思うことで、怒りやイライラの感情は、どこかへ飛んで行ってしまっていた。

それから、父とは、ずいぶんと二人で会話を交わしたものだった。父の話は、重度の認知症を抱えているので、当然、頓珍漢な表現が多い。と言うよりもむしろ、支離滅裂な表現が多いと言ったほうが正しいかと思う。例えば、エアコンを指差し「火がボウボウ出ちゃっているよ」などと意味不明のことを言う。そんなとき私は、父の世界観を壊したくないので、それに付き合ってあげるのである。「なんだ!! そんなに燃え広がっちゃっているのか？」などと、切り返してあげるのである。

私は、とにかく父の世界観、夢の世界を壊すことなく、大切に付き添うことを心掛けた。それが、父にとって、果たして良い方向に転がったのか、悪い方向に転がったのかはわからない。母などは、父がこのようなことを言うと「何、バカなこと言っているのよ。早く目を覚ましなさい！」と叱りつけていた。

母と私は、父への接し方が、まるで正反対だったのだが、むしろまったく異なるこの二つのアプローチが、功を奏したのかもしれない。それにしても、父と私は、本当によく会話を交わした。もしかすると、私が生まれてから、父が認知症を発症する前までよりも、認知症を発症してからの八年間のほうが、よりたくさんの濃密な会話を交わしたように思う。

ときに自分の精神疾患を悔やんだ

出典元は知らないが、「ときどき入院、ほぼ在宅」という有名な標語がある。父もまさに、この標語がぴったり当てはまるような人だった。一年に一回程度の割合で、誤嚥性肺炎や尿路感染症、さらには転倒による打撲や骨折を患い、入院をする。

また父は、昔から低血圧の貧血持ちの人だったので、認知症になってからは、年に三回くらい、突然、体に力が入らなくなり、その場に倒れ込んでしまうことがよくあった。

冒頭でもお話したが、私は精神疾患持ちの人間なので、例えば、私が父をトイレに連れて行き、用を足して、今度はトイレからベッドへと連れ帰る道半ばで、突然、父の体が硬直し、動かなくなってしまうことが、年に数回ある。こうなると、私の心臓はバクバクで、口から心臓が飛び出そうになる。慌てて、近くにいる母と兄を呼び「パパが、貧血起こしたかもしれない。早く来て～」と叫び、助けを求める。

このようなときには、無理に歩かせることなど決してしないで、廊下などに布団を敷き、そのまま寝かせてしまうことである。すぐに体温を計って、熱がある場合には、誤嚥性肺炎や尿路感染症を疑うが、熱がまったくない場合で、額に冷や汗などをかいている場合は、ほぼ貧血と判断をして間違いない。

途中まで、私も父の看病に関わっているが、私自身の体調が限界に達すると、あとは母と兄に任せて、自分は二階に行き、精神安定剤（正式名称は、抗不安薬のソラナックス〔アルプラゾラム〕）をガバガバと服用して、ベッドに横になる。その後は、祈るような気持ちで、般若心経を唱えたりして、気持ちを落ち着かせようとするが、そうは問屋が卸さない。嘔気と緊張と心臓の鼓動のバクバクで、自分の身体をコントロールすることが、一切できなくなってしまう。

　さすがにこのときばかりは、自分の身体も無茶苦茶しんどいし、精神疾患を患っている自分のことを、大いに悔やむと同時に、気持ちも一際沈んだ。しかし、同時に、母と兄が、助けに入ってくれることに対して、本当に頼もしく感じたし、介護する側の人間が複数いることに対しても、どれほど心強く感じたかを、肌身をもって痛感させられる瞬間でもあった。

コロナ禍によりデイケアを休止する

　二〇二〇年二月、新型コロナウイルス感染症が、日本においても警戒感の高まりを見せ始めた。特に、基礎疾患を持っている高齢者などは、死に直結する危険さを指摘された。週に一回、デイケアに通っていた父も、決して他人事ではなくなってきた。早速、ケアマネと我々家族との間で緊急会議を行い、とりあえず、デイケアへの通所を一時休止する運びとなった。

　それから、待てど暮らせど、コロナ禍は落ち着きを見せるどころか、ますます猛威を振るい始めた。これ以上、デイケアへの通所を休止していると、老齢になった父の体が、なまってしまう懸念も高まり、私は、苦肉の策として、訪問リハビリテーション（通称：訪問リハビリ）を検討した。訪問リハビリとは、理学療法士や作業療法士の先生が、自宅にいらして、個別にリハビリをしてくださるシステムである。

一コマ二十分間のリハビリを二コマ続けて利用するのが一般的である。よって、一回のリハビリ時間は、約四十分間ということになる。ケアマネと我々家族は、相談に相談を重ね、一週間に二回の訪問リハビリを利用することにした。

訪問リハビリの先生が、自宅にいらして、父のことをストレッチさせたり、廊下を歩かせたり、途中休憩を挟みながらも、約四十分間のリハビリをさせて、メニューは終了である。なぜか、その間の見守り役を、すべて私が担当することになった。これが意外に退屈であり、且つ、中途休憩中は、私が訪問リハビリの先生のことを接客までしなければならない。正直、この役回りは辛かった。母は「束の間の休息だ！」とか言って、二階で結局二時間くらいの間、ベッドで熟睡をし、英気を養っている。

結論から言うと、ご存知の通り、コロナ禍は、父が亡くなるまで収束することはなく、最期までデイケアへの復帰は叶わなかった。その代わりと言ってはなんだが、この訪問リハビリは、父が余命宣告を受ける直前まで行われ、その役回りは、最後まで私の担当となり、私にとっては、父の見守り役とリハビリの先生に対する接客業を、押し付けられた形となってしまった。

通院歯科診療から訪問歯科診療へ

年を取ると、つい疎かになりがちなのが、口腔ケアの問題だ。若いうちは、歯医者に行く理由の第一位は、虫歯の予防や治療になると思うが、高齢者になると、それ以上に、大切になってくるのが、誤嚥性肺炎の予防になってくる。なんせ、日本人の死亡原因の上位に、いつもランクインしているのが、誤嚥性肺炎になるのだが、その中でも、特に高齢者による誤嚥性肺炎が非常に多くを占める。

誤嚥性肺炎とは、食べ物を口に入れた際に、誤って細菌が、唾液や胃液とともに肺に入り込んでしまうことで起きる肺炎のことである。よって、口の中の細菌をできる限りなくし、常に清潔な口内環境を保つことが、誤嚥性肺炎のリスクを減らすカギとなる。また、誤嚥性肺炎を起こしている人の多くが、本人も気付かない就寝中に起こるというからタチが悪い。

それから、高齢者になると、唾液の分泌量も減ってくる。口の中を潤している唾液には、口内の汚れや細菌を洗い流し、清潔に保つ自浄作用があるので、唾液の分泌を促す口腔ケアなども、益々大事になってくる。

以上のように、高齢者の口腔ケアは、無病息災を心掛けるうえにおいても、大変重要なキーワードであることを、読者の皆さまにも、ぜひとも自覚をしていただきたいものである。

さて、うちの父についてであるが、最初の二〜三年は、私が父を車椅子に乗せて、近所の歯科医師まで連れて行っていたのであるが、体重六十キロ超の人間を、車椅子で一般道を運ぶのは、正直骨が折れるし、父の足腰もだいぶ弱って来たので、車椅子からの立ち上がりの際にも、非常に神経を使うようになってきた。車椅子での送り迎えにも、そろそろ限界が近づいてきた頃に、いろいろな情報機関から訪問歯科診療の存在を教えていただいた。

それと同時に、それまでは、母が父の歯磨きをしてあげていたのだが、認知症も少しずつ進行し、いつの間にか、毎日の口腔ケアの習慣は、皆無になっていた。そんなときに、いらしていただいた訪問歯科診療の先生に、父の口内環境の悪化を指摘された。

しかし「重い認知症を抱えている父の、毎日の口腔ケアの世話をするのは、並大抵のことではない」と、私が訴えると、先生は「歯磨きは省略してもいいから、とにかく食事をしたら、その都度うがいをして、口内の食べカスをキレイに洗い落としてください」とおっしゃってくださった。これなら、なんとかできるということになり、その後の父の主な口腔ケアは、うがいがメインの習慣となっていった。

第二腰椎圧迫骨折について

父がある日を境に、腰のあたりを擦りながら「痛い、痛い」と言い出し、しまいには、ベッドから起き上がれなくなってしまった。慌てて救急車を呼び、いつものA総合病院に救急搬送された。そこの救急病棟の担当医から「CTなどの精密検査の結果、骨折などの外傷も見当たらず、また特段、命に別条もないので、このままお引き取り願いたい」と冷たくあしらわれてしまった。しかし、目の前にいる父は「痛い。痛いよ～」と言って、病院のストレッチャー上で、苦悶の表情を浮かべている。私は担当医の説明に対し「ああ、そうですか」などと簡単に引き下がる訳にもいかず、必死に食い下がった。

「このまま自宅へ帰れ！　と言われても、ご覧の通り、この有り様では、自宅で父を介護するにも、介護なんかまともにできないのは、火を見るより明らかじゃないですか‼」と、訴え続けた結果、担当医も困り果てた表情を浮かべつつ「では、別の病院で入院できるところを探してみましょうか？」と提案をしてくれた。藁にもすがるような思いで待ち続けていると、近くのＣ総合病院が入院を受け入れてくださる、という流れになった。

「ちなみに、Ｃ総合病院まで、父のことをどのように運べばいいのですか？」と、何もわからない私は、病院スタッフに尋ねると、「ご自身で手配を済ませて、介護タクシーを利用してください」と、一枚のパンフレットを渡された。

私は早速、そこに記載のある電話番号に連絡をした。電話口に出た男性は、この会社の代表者兼運転手の人で、とても元気で声が大きく「介護タクシーの○○です。患者さまは、車椅子対応がよろしいですか？　それともストレッチャー対応がよろしいですか？」と聞いてきた。こちらの疑問、質問にも何でも答えてくれる本当に親切な方だった。この日を契機に、この介護タクシーさんには、その後、父が亡くなるまでの間、本当によくしてくださり、大変お世話になった。

C総合病院は、介護タクシーで、わずか五〜六分の距離にある場所だったので、パニック障害の私も「五〜六分の乗車なら大丈夫だろう」と自分に言い聞かせ、ストレッチャーに乗った父と母と私の三人は、介護タクシーに乗車をし、一路、C総合病院に向かった。その日はあいにく土曜日の午後だったこともあり、整形外科の主治医の先生がおらず、主治医の先生の所見が聞けるのは、早くても翌月曜日以降だと言われ、とりあえず父の入院手続きを済ませ、母と私の二人は自宅へ帰った。

蛇足になるが、先ほどの介護タクシーに、わずか五〜六分乗車をしただけで、不安障害が顔をのぞかせ、私は少し車酔いを起こしてしまった。結局、トラウマを拭い去って自信を取り戻すどころか、ますます自分に自信がなくなってしまう結果となってしまった。

翌月曜日になり、母と私がC総合病院に行くと、主治医の先生から意外な結果が告げられた。「嘉章さんをMRIで精密検査した結果、第二腰椎圧迫骨折していることが判明しました」とまさかの宣告を受ける。私はすぐさま「え、でもA総合病院では、何の異常もない！　と言われて、お引き取りください！　とまで言われていたのですよ」と切り返した。すると主治医の先生曰く「A総合病院では、圧迫骨折を見つけ出すことができなかったのでしょう」

すかさず私は「それでは、誤診じゃないですか!?」と憤ると、「誤診ではないと思います。A総合病院のCTの画像では、残念ながら、圧迫骨折を見つけ出すことができなかっただけのことです。ちなみに、このような事例は、よくあるものです。過去にも、A総合病院から、うちの病院に運び込まれてきた患者さんで、嘉章さんみたいに、あとから圧迫骨折が判明した事例は、枚挙にいとまがありません」と言われ、私は、愕然としたが、甘んじて受け入れるしかなかった。

この章の冒頭にもお話したが、もう一度言おう。世の中には医者の誤診はごまんとある。悪いことは言わない。腑に落ちない結果が出た際には、セカンドオピニオンを受けることを、ぜひともお勧めをする。

傷害保険金請求での失敗談

その頃の父の回復力は、まだまだしっかりしており、八十五歳と高齢ではあったものの生命力に満ち溢れていた。主治医から全治三か月と言われていたものの、わずか一か月余りで、いつものように立ち上がるまでに至った。もちろん、その間、家族総出による懸命なリハビリ猛特訓は、父にはかなり厳しいものとなったが、父もまた、その猛特訓に必死に応えるべく、ちゃんと付いてきてくれた。

さて、父の体調もだいぶ落ち着きを取り戻しつつあったある日のこと、父は入院保険に加入をしていたので、入院保険を請求したまではよかったのだが、よくよく考えてみると、第二腰椎圧迫骨折という病気は、怪我と考えるべきであり、私は、普段はあまりご縁のない、傷害保険会社にも電話を入れてみた。すると、第二腰椎圧迫骨折が、保険の対象になることが判明をした。が、しかし「何月何日に、何をきっかけとして、骨折したのかを医師の診断書に記載をしてもらわなければ、保険金は下りない！」と言われてしまったのである。

実は、第二腰椎圧迫骨折について、主治医の先生からは「もちろん、夜中に一人でベッドから起き上がり、廊下で転倒などをして、圧迫骨折をすることも十分に考えられるのですが、お父さまは、骨密度の低下による、骨粗しょう症の気があることも判明をしておりますから、場合によっては、大きな咳やくしゃみをしただけでも、圧迫骨折をしてしまうことが、現実問題、実際にあるのですよ」との指摘を受けていた。

いろいろ考え抜いた結果、非常に残念ではあったが、今回ばかりは、傷害保険の保険金請求に関しては、断念をした。

謎の腹痛・嘔吐の原因について、外科外来の医師の所見を聞く

ときに何度か、八方塞がりのピンチが訪れたこともあったが、その度ごとに、父は難局を乗り越え、無事元気に、八十六歳を迎えることができた。要介護一からスタートした要介護認定こそ、八十六歳現在、要介護四まで、状態は重くなってしまったものの、まだまだ食欲も旺盛だし、至って元気である。

そんなある日のこと、父は腹痛を起こし、激しい腹痛に耐えきれなかったのか、脂汗とともに嘔吐をしてしまった。その後も、このような腹痛を三度ほど繰り返してしまい、悩んだ私が、一番気にしていたのは、以前から父の鼠径《そけい》ヘルニア（脱腸）の膨らみが大きくなり、素人判断ながらも、何か悪さをしているのではないか、という懸念であった。

意を決した私は、父を連れ、A総合病院の外科を訪れることにした。そこで対面したのが、第二章でも紹介をした外科医のS医師である。S医師には、その後、父の看取りに至るまでのすべてを担当していただいた先生でもあり、今考えれば、まさにこのときこそが、S医師との運命の出会いでもあった。

S先生は、父の鼠径ヘルニアの状態を確認しながら、何度も時間を掛けて、触診をし「かなり、患部が肥大化してますね。嵌頓《かんとん》を起こすリスクもあるので、思い切って手術をするのも、一つの選択肢としてありますが、ご高齢だから、現在の伝い歩きができなくなり、寝たきり生活になってしまうリスクもなきにしもあらずと言ったところでしょうか⁉」との診断を下した。

ちなみに、鼠径《そけい》ヘルニア嵌頓《かんとん》とは、鼠径部（太ももの付け根）の組織が弱くなり、そこから腸が飛び出し、そのまま元の位置に戻らなくなる状態のことをいう。戻らなくなった腸は、その後締め付けられ、血流が悪くなり、壊死《えし》する危険性のある、まさに生命の危機に関わる症状のことを指す。父にとって、今回の鼠径ヘルニアに対するS医師からの危険性の指摘に対し、今後の人生を左右する由々しき事態となってしまったことは、言うまでもない。

ただし「あくまで憶測の話になってしまいますが、今現在の腹痛・嘔吐の直接の原因が、鼠径ヘルニアによるものか？　と問われると、そこまで悪さをしているようにも思えないんですよね。嘉章さんが大きな爆弾を抱えていて、それがいつ爆発してもおかしくはないのは、れっきとした事実なのですが、じゃあ今、鼠径ヘルニアが何かをしでかしているのかと問われれば、排便コントロールができ辛くなり、ときどき悪さをしているのかもしれないという程度のことしか言えないんですよねぇ……」とＳ医師はおっしゃった。

一方、ＣＴなどの精密検査の結果、「胆汁に、僅かながら小さな胆石のような影が見えることから、あくまでこれは仮定の話になってしまうのですが、胆汁の流れがドロドロになりかけているのかもしれません。胆汁の流れをサラサラにするウルソデオキシコール酸錠（ウルソ錠）というお薬を継続して飲んでみましょうか。胆汁の働きが鈍ることによって、腹痛・嘔吐などの悪さをしていることも十分に考えられるので、試してみる価値は十分にあると思いますよ」とおっしゃってくださった。

自宅に帰り、母と私は、何度も話し合った結果、鼠径ヘルニアの手術をしないで、もう少し様子を見たいという選択をした。この選択については、父の手術に難色を示した母の強い気持ちが、反映されたと言っても過言ではない。母は、家族の誰かが付き添えば、今現在、なんとか伝い歩きができている父が、万が一、手術をした結果、寝たきり状態になってしまった場合のことを考えると、いたたまれない気持ちで一杯になるのだと言う。

後日すぐに、私一人で、A総合病院のS医師のもとを訪れ「家族会議の結果、今はまだ手術に踏み切れない！」との結論に至ったとの経緯を報告した。S先生曰く「それでは、二か月に一回くらいのペースで、経過観察をしていきながら、様子を見ていくことにしましょう」と話した上で、「嘉章さんの鼠径ヘルニアについては、つまるところ、痛みが出る前に、天寿を全うできるか!? はたまた痛みが先に出るのか!? という問題になると思うので、ここは一つ、運を天に任せましょう」と話をまとめてくださった。

「それから、ウルソデオキシコール酸錠（ウルソ錠）を飲み続けることによって、胆汁の働きがよくなるはずなので、今苦しんでおられる、腹痛・嘔吐の症状が、治まるかどうかについても、しっかりと経過観察をお願いしますね」とおっしゃってくださった。

謎の腹痛・嘔吐の原因について、認知症外来の医師の所見を聞く

さて、時期を同じくして、Ｂ病院にある認知症外来の主治医のＴ医師のもとにも、私は一人で訪れた。理由は、当然ながら、父の腹痛・嘔吐の件について、主治医のＴ医師の所見もお聞きしたかったからである。Ｔ先生の所見は、単純明快でとてもシンプルなものであった。「六年間飲み続けた認知症の薬であるアリセプト（ドネペジル）が悪さをしていると思うから、この薬の服用を中止すべきだ!!」の一点張りであった。

ちなみに、アリセプトの代表的な副作用は、食欲不振・嘔気・嘔吐・下痢などの消化器症状である。巷でよく聞くのは、本当に多くの人が、消化器症状で、この薬を断念せざるを得ない、といった情報だ。ただ、唯一引っ掛かるのは「父が服用し続けた六年間もの間、まったく腹痛・嘔吐の副作用が出なかったものが、突然今になって、発症するものなのだろうか？」という疑問であった。

この謎については、調剤薬局の薬剤師さんと、時間を掛けて話し合ったが、薬剤師さん

も「もし仮に副作用が出るのなら、飲み始めの初期段階に副作用が出ていると思う……」という持論をお持ちであった。

過去の私の副作用の経験を思い起こし、父の副作用の謎に迫る

家に帰った私は、自分も精神疾患持ちの経験上、それこそ何十もの薬を飲み続けてきた。その結果、再三再四、薬の副作用で苦しい思いも経験してきた。その苦い経験を、一から回顧してみた。すると「いろいろと思い出すではないか!?」。私が、精神疾患になり始めの頃、嘔気の症状が酷く、苦しくてたまらなかったときに、医者はピーゼットシー（ペルフェナジン）という抗精神病薬を処方してくださった。この薬のお陰で、どれだけ助けられたことか。

徐々に嘔気の症状が軽減してきて「本当に自分には、この薬が合ってよかったな！」と感じたことを今でもよく覚えている。が、しかしだ。それ以来、服用し始めたピーゼットシーが、ある日を境に、突然牙を剝いた。五年間ほど服用し続けたある日のこと、突如として、排尿障害を発症し始めたのだ。一週間近く、尿の排出が困難になって、泌尿器科に

行ったところ、「膀胱に尿が溜まって、大変なことになっている！」と言われて、導尿をした経験がある。

そのときに導尿をされた痛みは、今想像するだけでも、戦慄が走るほどの痛みと苦しみであった。その後、お薬手帳を見ながら「排尿障害の副作用のある、ピーゼットシーの服用を中止すべきだ！」との所見を、先生より下され、泣く泣く、薬の服用を中止したところ、その後、排尿障害はピタリと止まった。

あくまで、私の勝手な想像だが、五年間の薬の服用の積み重ねにより、副作用とされる悪い成分が、身体に少しずつ蓄積されていって、それがある日を境に爆発したのだと思う。

思い起こせば、私自身、あとから副作用を発症した事例は、他にもいくつかあったが、話が長くなるので、この辺で割愛させていただきたいと思う。

今の認知症薬は、まだまだエビデンスに乏しいという衝撃的事実

認知症外来の主治医のT医師には、「いろいろ考えた結果、父の認知症の薬であるアリセプト（ドネペジル）の服用を止める決心がつきましたが、薬を止めることによって、認知症の症状が重篤化するのが嫌なので、今、父が服用している、もう一つの認知症の薬であるメマリー（メマンチン）を増量したらいかがでしょうか？」と、私は提案をした。

すると、T先生は「これは、あくまで私の持論なのだけれども、アリセプトは、どちらかというと、おとなし過ぎる認知症患者さんに服用させると、少し活気づいて、元気になられる方が多い。なかには、薬が効きすぎて、粗暴になる患者さんも診てきましたよ。一方のメマリーは、少し粗暴過ぎて、介護する側のご家族が困っていると相談を受けた際に服用したりすると、認知症の粗暴過ぎる部分が治まってくる感覚が、僕の中にあるんですよね。ちなみに、嘉章さんを診ていると、とにかくおとなし過ぎるから、これ以上、メマリーを増量したら、うんともすんとも言わなくなっちゃって、かえって僕は、逆効果になると思うから、絶対に増量なんかしないほうがいいと思いますよ」

「それとねえ、石島さんは知ってるかな!?　アリセプトもメマリーも、先進国のフランスでは、厚生省がこれらの認知症薬を、保険適用から外すことにしたんですよ。何が言いたいのかって言うと、今の認知症の薬は、まだまだエビデンスに乏しいんですよ。だから、嘉章さんが六年間飲み続けたアリセプトやメマリーが、どれだけ認知症に効果を発揮したのかも、本当のことを言うと、よくわからないんですよね」

私は衝撃を受けた。T先生は、都合のいいことを、私に言っているのではないかと思い、早速、参考書籍（長尾和宏　東田勉『抗認知症薬の不都合な真実』現代書林）を購入し読んでみた。その結果、T先生のおっしゃる通り、「フランス厚生省は、アルツハイマー型認知症の治療薬四種を保険適用から外す！」という衝撃的事実が記載をされていた。私は、この書籍を読んで、今後は、薬物療法よりも非薬物療法に重きを置いて、これからの父の認知症の進行具合を少しでも遅らせる工夫を凝らすことを心に誓った。

この一件を機に、父の主治医の先生は二人体制となる

結局、これを機に、父の主治医の先生は、二人体制となった。一人目は、B病院の認知症外来のT先生。そして二人目は、A総合病院の外科外来のS先生である。

幸いなことに、父は、T先生の指示通り、抗認知症薬であるアリセプト（ドネペジル）

の服用を一切止め、それと同時に、S先生の指示通り、胆汁の流れをサラサラにするウルソデオキシコール酸錠（ウルソ錠）の服用をスタートさせたことにより、腹痛・嘔吐の症状は、すっかり治まってしまった。

一方、私の心の中では、少しモヤモヤが残ってしまった。「一体、どっちの薬が効いて、父の体調は落ち着きを取り戻したのだろう？」その件について、調剤薬局の薬剤師さんに意見をぶつけてみた。すると「お若い方なら、とことん原因を突き止める原因療法（根治療法）が大切でしょうが、ご高齢の方の場合は、とにかく対症療法で、患者さんの苦痛を取り除くことさえできれば、それが一番だと思うんです。苦しい検査を行って、とことん原因を突き止めたところで、ご高齢の方の場合は、そんなに人生、先が長い訳ではないじゃないですか。ましてや、認知症をお持ちですと、正確な診断を行うことは、ますます難しくなります」と、お答えくださった。

当初の私は「果たして、そんな考えでいいものだろうか？」と、不満を募らせていたが、今ではこの意見に、諸手を挙げて賛成することができるようになった。それだけ自分も、いろいろな経験を積んで、成熟してきたのだと思う。

認知症の父は、ときにユニークな発言で人を笑わせる

　認知症の父は、介護している側の人間をいつも困惑させてばかりいる訳では決してない。ときにユニークで、思わず吹き出してしまう笑い話だって、実際にはよくあるものである。一つ忘れることのできないエピソードを例に挙げよう。

　それは、隣近所に住んでいる叔母（父の義妹）が、うちに遊びに来た日のこと。母と叔母が、リビングで談笑をし続け、一方の父と私は、隣の寝室で、たわいもない話をしては、ゆっくりとくつろいでいた。二時間ほどが経過し、叔母が帰る間際に、隣の寝室に顔をのぞかせ、父に対し「嘉章さん、体調はいかがですか⁉　長い間、お邪魔しました。それではまたね」と挨拶をしたところ、父は間髪入れずに「ご苦労さん‼」と言って、叔母を労ったのだ。叔母は、「あら嫌だ。嘉章さん、私のことをどこかの業者か何かと間違えているみたいね……」と言って、一同大爆笑した微笑ましい思い出など、父の笑い話を挙げたら、それこそ枚挙にいとまがない。

昔取った杵柄

父は、小さい頃から家族からの信頼が厚く、石島家の財産管理を任されるほどだったという。また、会社勤めをしてからも、その部署の金庫番を任されるなどしていた経験上、札勘定はお手の物だったと母から聞いていた。そのせいか、父が認知症を発症してからも、毎月末になると、私が銀行から生活費を引き出してくるのだが、札勘定は決まって父の仕事だった。とにかく札勘定だけは、父が晩年に至るまで、衰え知らずだったように思う。

まさに、昔取った杵柄とはこのことかと、いつも感心して、父の札束を数える手許を見ていたのを、懐かしさと同時に思い起こす。

晩年に掛けての父の日常生活

父は、とにかく短期記憶に著しい障害のある人だった。だが、そのお陰で救われることも多々あった。例えば、病院に行き、おへそ回りに二本の皮下注射を打たなければならないときなど、医師から注射針をおへそ回りに刺された瞬間に「痛い〜。痛いよ〜」などと大騒ぎをする。母と私で、父のことを一生懸命になだめて、控室に戻り、再び私は、父に「注射痛かったか？　大丈夫？」と問い掛けると、父は「なんだ!!　注射？　おまえ物騒なことを言うね〜」などの返事が返ってくる。その間、ものの五分間といったところだ。

短期記憶に支障があることは、決して、すべてが気の毒なことばかりではないのだ。痛みの記憶や、苦しみの記憶さえも、身体のコンディションさえ落ち着いてしまえば、一切忘れてしまうのだ。

さて、晩年の父の日常生活は、体調不良による入院などない限り、一年中自宅のベッドと食堂を往復するだけの、極めて行動範囲の狭い日常生活を送っていた。その間、必ず母か私が寄り添って面倒を見ていたので、父が不安に感じる仕草などは、一切なかったと記憶している。特に私は、一日中、父の話し相手になってあげることを意識していたので、父が孤独感に苛むことはなかったように思う。

私は、父が昭和歌謡などの音楽が大好きだったので、食堂にいるときには、テレビのYouTube動画を再生させて、昔懐かしの昭和歌謡などを、食後に、父と私の二人だけで、二時間くらい視聴することがよくあった。そのときの父といえば、目を輝かせてテレビに見入っていたのをよく覚えている。重度の認知症の人が、二時間もの間、テレビに集中することなど普通、まずないことなので、よほど楽しんでもらえたものと私自身、自負している。

また、父がベッドにいるときには、ＣＤラジカセに、昭和歌謡全集などのＣＤを掛けてよく聴かせていたものである。先ほども書き綴ったが、薬物療法から非薬物療法へシフトさせることに重きを置いたことにより、父の大好きな昭和歌謡を聴かせることを意識したり、日常会話を増やすことを意識したりと、私なりに工夫を凝らした日常生活を、父には過ごしてもらった。

寝たきり生活へ

二〇二一年十二月十日、父の人生を暗転させる大きな出来事が起こった。今、振り返ってみても、あのときの出来事が、父の人生を左右させる分岐点になってしまったことは、十分に承知をしている。

それは、自宅の廊下での転倒であった。そこで倒れてしまったまま、父はまったく動けなくなり、救急車を呼ぶことになるのであるが、私はとっさの判断で、いつものA総合病院ではなく、C総合病院を選択した。理由は、過去に父の第二腰椎圧迫骨折の見落としがあり、整形外科に対する悪いイメージの拭えないA総合病院よりかは、整形外科に定評のあるC総合病院を選択したまでである。

精密検査の結果は、骨折はしておらず、診断名は左大腿部痛であった。世間一般的には、打撲などと言われる症状のことである。しかし、父は痛みのせいもあり、病院のベッドに寝たきりになっていた。結局、父は、十二月二十八日までの計十九日間の長期入院となり、看護師さんからは、今までのように、家族がサポートをしての伝い歩きはもうできないと宣告をされた。

病院側からは、介護老人保健施設（老健）という、在宅復帰を目的としたリハビリ中心の施設まで紹介をされた。自宅での介護が厳しいのではないかという、病院サイドの計らいであった。入所期間は、施設によりまちまちであるが、一般的には三か月～六か月間程度。

また、なかには自宅に帰れるどころか、施設を転々としている患者さんもいるとのこと。

実際に、看護師さんに詳しく聞いてみると、リハビリ時間も非常に短く、ご高齢の患者さんが、ちゃんと在宅復帰できるかというと、クエスチョンマークが付くとの裏話も聞けた。これはもう、介護がどんなに重労働になろうと、意地でも父のことを、自宅に連れて帰るしかないと、私は決意をした。


十二月二十八日に退院の目途が付いた約一週間前から、寝たきりになってしまった父をベッドから車椅子に移乗をさせる、また反対に、車椅子からベッドに移乗をさせる練習を理学療法士さんに、私が一から指導をしてもらいながら、猛特訓を受けた。

一方の母は、今まで伝い歩きのできていたときに履かせていた父の紙オムツは、リハビリパンツ（下着のように履くタイプのもの）だったが、寝たきりになってしまったのを契機に、テープ式紙オムツに変えなければならなくなってしまった。そして、テープ式紙オムツの履かせ方には、ちょっとしたコツがあり、そのコツを掴まないことには、まずこの紙オムツを履かせることはできないのである。

話を整理すると、力仕事系の移乗行為については、男の私が担当をし、下の世話系のオムツ交換については、母が担当をするという完全分業制で、病院サイドより効率よく訓練を受けた。

一方、父が何不自由なく暮らせるよう、自宅のさらなるリフォームの一環として、介護福祉用具レンタル会社より、電動ベッドと、在宅で使用する車椅子など、一通りの準備を整え、父の帰宅に対し、万全を期した。

退院日当日、介護タクシーの手配をし、いざ父は母と共に介護タクシーに乗り、私は、退院時における事務的手続きをすべて済ませ、自転車で後追いの形で自宅へ戻って来た。

自宅へ帰って来たはいいが、母も私も疲れ切ってしまい、体はヘトヘトであった。あと四日もすれば正月であるが、とてもじゃないが、そんなめでたい気分にはなれたものではない。父の介護は、今までとは勝手が違い、想像をはるかに超え、重労働となった。

父をつぶさに観察していて、一番に衰えを感じたことは、意外なことに、嚥下《えんげ》機能に関することだった。嚥下機能とは、口に入れた食べ物を噛み砕き、飲み込む機能のことを指すが、今まで食べられていたものが、いつものように噛み砕くことができなくなり、飲み込む機能も衰えを見せ始めていたため、口の中に食べ物のカスが、異常なまでに溜まるようになってしまった。

また、その食べカスを、うがいをしてゆすぐ行為も、認知症が進行したためか、おぼつかなくなってしまった。食欲も以前のように旺盛ではない。また嚥下障害が始まれば、必然的に誤嚥をするリスクも高まる。すべてが悪循環だ。声のハリも、昔の面影はなく、囁くような小さな声になってしまい、明らかに元気がない。母も私も、この先どうすればいいのだろうと、途方に暮れた。


とにかく過去に例がないくらい、深刻で重苦しい雰囲気の中、元旦を迎えた。世間一般のおめでたい雰囲気がうらめしい。正直、お先真っ暗といった感じだ。それでも気持ちを切り替え、父の介護に従事した。ベッドから車椅子への移乗、また反対に、車椅子からベッドへの移乗も、ヘトヘトになるほど大変だったし、母が担当していたオムツ替えも、今まで履いていたリハビリパンツとテープ式オムツとでは、まったくと言っていいほど勝手が違い、母もヘトヘトに疲れ果てていた。

両方の作業に共通していることは、父本人が協力してくれる意志がまったくないと、介護する側の介護負担が、半介助が全介助になってしまい、すぐに限界が訪れてしまうことだ。それでも、父は頑張ってくれた。退院後一週間が経過した頃から、父も僅かながらではあるが、元気を取り戻し、また我々家族も、少しずつ新しい介護スタイルに順応できるようになり、一陽来復の兆しが見えてきたように思う。

在宅医療への切り替え

父が寝たきり生活になったのを契機に、八年近くの間、お世話になったＢ病院にある認知症外来のＴ医師のもとを離れ、二〇二二年一月十八日より、正式に、在宅医療へと切り替えた。ちなみに、在宅医療とは、月に二回程度、自宅に医師が訪問をして行う診療のことである。また、患者の体調が悪くなったときなどに、緊急に医師が、自宅に駆け付けてくれるのも在宅医療の強みである。

摘便は地獄の苦しみ

まだ、在宅医療との正式契約前に当たる一月十六日現在、もう退院から、約三週間が経過しようというのに、一度も排便がない。下剤である酸化マグネシウムを服用しているにもかかわらずである。入院中、看護師さんに「今まで伝い歩きで生活できていた人が、急に寝たきりになってしまうと、どうしても排便コントロールは鈍ってしまい、便秘気味になるのですよ」とは言われていたものの、焦りを感じていた私は、ケアマネに連絡を入れてみた。

ケアマネ曰く「少し心配ですね。今後、様子を見て、あまりにお通じがないようでしたら、摘便《てきべん》をなさったらどうですか？」と言われた。ちなみに、摘便とは、自力で排便が困難な人に対して、肛門に指を挿入して掻き出す手技で、立派な医療行為でもある。

その後、一時間もしないうちに再度、ケアマネから折り返し電話があった。「石島さん!! 今、同僚のケアマネから聞いた話なんですけど、三週間便秘の高齢者に摘便を行ったところ、大量の便が出た瞬間に、急激な血圧の低下が起こって、その場で亡くなられた事例が過去にあったそうなんです。同僚に言わせれば、嘉章さんのケースはかなり危険な水域にまで達してしまっているので、明日、摘便の措置が講じられるよう、なんとか段取りを組みましょう」と言われてしまった。

いろいろな病院に問い合わせをした結果、一番、父の事情を知っているのは、つい三週間前まで入院をしていたＣ総合病院なので、Ｃ総合病院の消化器内科の先生のもとを訪れた。早速、先生は、父が入院をしていたときのカルテを見ながら、摘便の措置を講じるよう、看護師に命じた。父と母と私の三人で、控室で待機していると、看護師さんから「嘉章さんに付き添ってもらうご家族さまが、お一人いないことには困るので、奥さまか息子さんのどちらかお一人に、付き添いをお願いします」と言われてしまった。

私は、ただでさえ不安障害という精神疾患を抱えている上に、ケアマネからは、摘便によりその場で亡くなってしまった高齢者の話も聞いていたので、お願いだから、母に行ってもらうよう、説得を試みたが、母は頑なに拒み続け、結局、私が父に付き添うこととなってしまった。

摘便を行う処置室で、女性看護師さんから「父の身体を支えるよう手伝ってもらいたい」と言われたので一生懸命に試みるが、所詮、素人の私にはうまくできる訳がない。困り果てた看護師さんは、もう一人、女性看護師さんを呼んで、結局、看護師二人体制で摘便措置を講じることとなり、私は、ただ見守ることに専念をした。

摘便に要した時間、およそ十分前後。その間、父は喚き叫んだ。かつて父が、これほどまでに喚き叫び、苦悶の表情を浮かべたのを見たことがない。本当に父が、このままショック死してしまうのではないかと思った。摘便終了後、まるで父が無間地獄《むげんじごく》から生還してきたかのようにさえ、私には思えた。

早速私は「父がこのままショック死してしまうのではないかと心配して見ておりました」と、看護師さんに言うと、看護師さんは「認知症の患者さんは、こちらの言葉をなかなか理解できないので『肛門の力を抜いて！』といくら声を掛けても、逆に肛門に力を入れてしまう悪循環が生まれてしまうんですよね。そうなると、それはもう、地獄の苦しみになってしまうのですよ」とおっしゃった。

ちなみに、看護師さん曰く「大量の便を一気に掻き出しますと、血圧が下がって命にかかわる危険性もあるのですが、今回のお父さまを観察していた限りでは、大きな声で叫んでいましたので、命を落とす危険性はないな！　と判断できました」とのこと。

看護師さんの冷静沈着、且つ、まるで格闘技を行うかのように父を抑え込み、便まみれになって摘便する姿は、とても私には真似などできない芸当であり、本当に心の底から「看護師さんには、頭が上がらないな」と思うと同時に、尊敬の念を抱かずにはいられなかった。

それにしても、父に生き地獄の苦しみを味合わせてしまい、もう二度と摘便を行うことのないよう、排便コントロールを我々家族が、しっかり管理してあげなければならないと、強く心に誓った一日だった。

鼠径ヘルニアの手術に挑む

二月の初旬から十日に一回程度、ごく短時間ではあるが、父の左鼠径部《そけいぶ》（左太ももの付け根）が大きく盛り上がり、父は、腹痛を訴えるような表情を浮かべるようになっていた。私は患部を見てすぐさま感じたことは、鼠径《そけい》ヘルニアが嵌頓《かんとん》を起こしているのではないかという心配である。

以前、A総合病院のS医師がおっしゃった「嘉章さんの鼠径ヘルニアについては、つまるところ、痛みが出る前に、天寿を全うできるか!?　はたまた痛みが先に出るのか!?　という問題になると思うので、ここは一つ、運を天に任せましょう」という記憶がよみがえり、頭の中をリフレインした。

三月一日夕方頃、父は体調不良を訴え、吐いてしまった。それから二時間程度、様子をうかがっていたが、左鼠径部の大きな盛り上がりが引くことはなく、大きく膨らんだままであった。父の顔は、青白い表情をしていた。私は、鼠径ヘルニアが嵌頓を起こしていると確信をし、午後六時に救急車を呼ぶ判断を下し、A総合病院を指名した。

ちょうど、この日は運が悪く、救急病棟の数多いる外科医の医師が皆、手が埋まっていたせいもあり、とにかく永遠と待たされた。待つこと六時間、時計の針が、深夜の十二時三十分を指した頃、ようやく一人の外科医の先生が我々家族のもとにやって来た。

誰が来るのかと思いきや、一年六か月もの間、外来でお世話になっていた外科医のS医師だった。「いやいや、前の患者さんのオペが長引いてしまって、大変遅くなってしまいました。ごめんなさいね。嘉章さん、これは痛いね。完全に嵌頓を起こしちゃっているよ」お付きの若い先生二人が、動こうとする父の身体を押さえ、S医師は、父の左鼠径部の大きな盛り上がりをこねくり始めた。

父は苦悶の表情を浮かべ、目一杯、動こうとするが、お付きの若い先生二人に押さえ付けられている。「痛い。痛いよ〜」と父が泣き叫ぶ中、S医師の施術は、十〜十五分続いた。「はい。嘉章さん、終わりましたよ。よく頑張ったね。もう痛くないからね」と、父のことをあやし付けるように言った。

きびすを返すと、すぐさま母と私に向かい、真剣な眼差しで、「完全にお腹の中にある腸が、外に飛び出ちゃっていましたよ。腸が飛び出して戻らなくなっちゃっていたので、丁寧に腸を折り畳んで、また、もとの位置に納めておきましたが、ご本人は、さぞかし苦しかったと思いますよ。もう完全にクセになっちゃっているので、今はなんとか、もとの位置に納めましたが、極端な話、また明日、腸が飛び出すことだって十分に考えられます。その度ごとに、激しい腹痛や嘔吐は辛いですよね。嘉章さんも、八十八歳とご高齢でリスクは伴いますが、手術をするのも選択肢の一つです。今はあいにく、ベッドは満床ですが、僕の特権を使えば、整形外科のベッドに空きが少しあるので、緊急入院させることができます。いかがなさいましょうか？」

私は、母に「どうする？」と聞いたが、うつむき加減の母は「私には、答えが出せない」の一点張りだ。ちなみに、私の腹の中は決まっていた。父のことをもうこれ以上、苦しい思いをさせる訳にはいかない。高齢によるリスクは伴っても、手術をして、一日でも早く父の身体を楽にさせてあげたい。母に代わって、私が父の手術への許可をした。

入院予定は一週間。コロナの関係で、毎日の面会は叶わなかったが、手術日当日だけは、私が家族を代表して、父の手術に立ち会い、父の手術の成功を祈った。

手術は無事成功した。S医師はオペ終了後、わざわざ待合室にいる私のところまで挨拶に来られ、「オペは無事終わりましたからね」と一言二言、声を掛けてくださり、その場を立ち去って行った。

父が余命宣告を受けるまで

三月七日に無事退院をし、介護タクシーにて自宅に帰る。最初の二日間は、ベッドの上で厳しい表情をしており、寝返り一つ打つことができずに、身体は硬直し、膝を立てることすらできないので、オムツ替えに悪戦苦闘する。また床ずれを起こす危険性もあったので、思い切って、朝と晩に、痛み止めのカロナール５００を服用させたところ、服用当日の深夜より、寝返りを打つことができるようになった。また表情も幾分柔和になった。

一番気掛かりだったのは、入院前と比べ、とにかく激痩せしてしまったことである。特に顕著だったのは、足の筋肉が削げ落ちてしまったことだ。ちょうど、退院から五日後の三月十二日に、在宅医療の先生がいらしたので、いろいろと相談をすると「オペ前と比べ、筋肉が痩せたのは、高齢者にとって外科手術は、物凄いエネルギーのいることだから、全身の筋肉が削げ落ちてしまったのかなぁ⁉」とおっしゃって、エンシュア・Hと、リーバクト配合顆粒を処方してくださった。

ちなみに、エンシュアとは、医薬品扱いの２５０mlの飲料で、抹茶味やバナナ味やコーヒー味など豊富な品揃えがあり、一缶飲めば、３７５キロカロリー摂取できるところが最大の魅力である飲料だ。一方のリーバクト配合顆粒とは、アミノ酸からなる製剤で、低栄養状態の改善や、筋肉を増やす役割のある顆粒の医薬品である。

三月十四日に、なんとか父と母と私の三人で、A総合病院の外科医のS医師のもとを訪れ、術後の経過を話し、さらに術後の傷口を診ていただき、特に何かを指摘されることもなく、無事、介護タクシーを利用してのA総合病院への往復を済ませることができた。

それでもやはり、術前と違って、問題点はいろいろと出て来て、顕著に嚥下障害が見られるようになったのが特に気掛かりだった。具体的には、食事中にむせ返り、特に水分でよくむせるようになった。また、常食（ごはんやパン）が喉を通らなくなり、口の中には食べカスがたくさん残るようになった。薬を服用させることさえも、一筋縄ではいかなくなり、非常に神経を使うようになった。それから痰が頻繁に絡むようにもなってしまった。極めつけは、食べるとすぐに疲れて、寝込んでしまうような衰弱した身体になってしまった。

三月十九日に、訪問リハビリの先生にいらしていただき、衰弱してしまった父のことを、ベッドから車椅子へ移乗させる訓練を受け、その日を境に、ベッドの上で食べさせずに、車椅子で食卓に向かい、食べさせることができるまでに進歩した。また常食を完全に止め、最初は離乳食を食べさせることを試みた。がしかし、それでも嚥下機能の衰えは著しく、口の中に飲み込めない食べカスがたくさん残り、悩んだ挙句に私は、今度は完全なるペースト状の介護食を食べさせると、飲み込みがスムーズにできるようになった。

さらには、誤嚥のリスクを改善させることに腐心していた私は、薬の服用時に「らくらく服薬ゼリー」という商品を使い、すべての薬をゼリーに絡ませて、一口一口ゆっくり口の中へ持って行く工夫を凝らした。同じく、在宅医療の先生から処方されたエンシュア飲料に「トロミアップ」という商品を使い、とろみを付けて飲ませることにより、誤嚥の回数を大幅に改善させることに成功した。

三月二十六日に、在宅医療の先生がいらした際には、「前回（三月十二日）より、お元気になられましたね」と声を掛けていただいた。それと同時に「エンシュアを一日一缶から、一日二缶に増やせると、いいですね」とアドバイスをいただいた。

早速、それに倣って、三月二十六日〜二十九日の間、エンシュアを一日一缶から一缶半まで増量することに成功し、父の体調も比較的いいところまで来ていたように思った。がしかし、それも束の間、三月三十日の早朝より、突然こちらの指示が伝わりづらくなり、それと同時に、食欲もまったくなくなり、無気力も相まってか、誤嚥の回数も非常に多くなり、疲れ果てて、ひたすら寝込んでしまうような生活が始まってしまった。

四月二日に、訪問リハビリの先生がいらした際には、「前回まではまったく違い、こちら側の指示が伝わりづらくなってきている状態なので、今は介護する側が、全介助に近い状態なので、介護負担は限界に近い状態です」と言って、心配げな表情を浮かべられていた。

さらに、四月三～五日と、一日にエンシュアをちびちびと100ml飲むのが精一杯となり、誤嚥はし続ける、痰は絡むで、いよいよ介護に疲れ果ててしまった母と私は、四月六日の家族会議の結果、在宅医療の先生に緊急往診依頼の電話を入れた。しばらくして、折り返しの電話があり、翌四月七日午後二時四十分に自宅にいらしていただく運びとなった。その時の父は、ただベッドで縮こまり、苦しそうに横たわっているのが精一杯の状態になっていた。

四月七日、往診にいらした先生は、努めて冷静沈着、且つ、明るく振る舞い「ちょっと病院に紹介状を書きますので、少し入院しましょうか⁉」と言い、最後に一言、「大丈夫ですよ！」と母と私に、一声掛けて帰って行かれた。その後、在宅医療の先生の指示通り、救急車を呼んで、A総合病院に運ばれるのであるが、その先に待っていたのは、第一章に書き綴ったとおりの、まさかの余命宣告であった……。

コラム②　親の介護と施設への入居について

親の介護は、決して他人事ではありません。むしろ、必ずやって来ると考えてもらって、差し支えない由々しき問題です。少子高齢化により、社会全体の高齢化はますます進み、子供に対する負担も、今後ますます重く責任がのしかかって来ることでしょう。

ご両親がすでに「老老介護」に突入しているご家庭も多いのではないでしょうか。介護が必要になった原因として、うちの父のように、認知症が発端という世帯も多いようです。父を担当していたケアマネさんに聞いたところ、「老老介護」はおろか、夫婦お二人共に認知症である「認認介護」の世帯も現実問題、存在しているようです。

私から言えることは、親の介護へ立ち向かうとき、必ず一人で抱え込まないでください。行政のサポートを受けましょう。かかりつけ医、市区町村役場、地域包括支援センターにまずは相談をして、介護申請することから、すべては始まります。

最後に施設への入居といえば、特別養護老人ホーム（特養）がリーズナブルで理想的ですが、人気殺到で入居するまでに数年待ちのところもあるようです。いきなり施設への入居を検討する前に、まずはショートステイを活用するなど、集団生活に慣れる訓練、お泊りに慣れる訓練をしてみるなど、工夫をしてみてください。その他、介護老人保健施設（老健）でリハビリ生活を送っていらっしゃる方などは、その間に特養への入居の準備を進めるなど、ぜひ、いろいろと工夫を凝らしてみてくださいね。

第6章　終末期医療を深掘りする

高齢者への手術はタブー視すべきか

まずはじめに、父が終末期を迎える上において一番のネックとなったのは、八十八歳という高齢での外科手術であったと思う。厚労省が発表している平均寿命（二〇二二）は、男性が81・47歳、女性が87・57歳となっている。平均寿命の男女差が六歳あるので、父が、もし仮に女性であれば、九十四歳での外科手術を行ったことになると表現をしても、決して過言ではなかったと思う。

在宅医療の先生が術後の父の姿を見て、「オペ前と比べ、筋肉が痩せたのは、高齢者にとって外科手術は、物凄いエネルギーのいることだから、全身の筋肉が削げ落ちてしまったのかなあ!?」と漏らしていたように、やはり高齢者にとって外科手術とは、大変リスクの高い選択肢であることに間違いはない。

また、A総合病院のS医師が、父が実際に外科手術を受ける一年六か月前に、すでにおっしゃっていた「嘉章さんの鼠径ヘルニアについては、つまるところ、痛みが出る前に、天寿をまっとうできるか!?　はたまた痛みが先に出るのか!?　という問題になると思うので、ここは一つ、運を天に任せましょう」の真意とは、この時点で、既にS医師は、高齢者の手術に対するリスクの高さを感じており、父の未来を危惧していたのだと思う。

ここで、高齢の患者さんと、末期がんの患者さん、お二人の緊急手術の事例を、とある書籍を通して、読者の皆さまと、ぜひご一緒に考えていただけたらと思う。

つい先日のことですが、在宅医療を受けている93歳の患者さんに腸閉塞の手術を行いました。こういう話をすると、「え？　93歳なのに手術をするの？」と驚かれる方がいらっしゃいます。（中略）はっきりと断言しますが、この考えはまったくの誤りです。手術の内容にもよりますが、たとえば腸閉塞の場合であれば90歳代の患者さんでも手術をすれば十分治る余地があります。逆に、手術を行わなければ、腸内の流れが阻害されて激しい腹痛や嘔吐といった辛い症状が引き起こされます。つまり、手術をしないと早晩苦しい日々を送るようになって亡くなることが多いのです。このように治せる可能性のある手術を行うことを、決して延命治療とはいいません。それは、患者さんが何歳であろうとも、です。（小豆畑丈夫『在宅医療の真実』光文社新書）

末期がんの患者さんでも手術を行うことがあります。ある患者さんは、茨城県内の大きな病院で大腸がんと診断されました。すでに全身に転移が見られ、根治的手術は不可能な状態でした。担当の医師に「余命は1〜3カ月です」と告げられたそうです。病院でできる治療はこれ以上ないとの判断から、地域の在宅医を紹介されたといいます。（中略）ところが、自宅に戻っても平穏な日々はやってきませんでした。大きくなったがんが腸を塞ぎ、お腹がパンパンに腫れ上がってしまったのです。食事を口からとれないどころか、逆流した便が口から吐き出されるような状態に陥りました。（中略）さっそく患者さんと話し合い、私たちはすぐに人工肛門をつくる提案をしました。（小豆畑丈夫『在宅医療の真実』光文社新書）

患者さんのＱＯＬ（生活の質）が著しく阻害される場合、つまりは前例のように、のたうち回るような苦しみを味わう危険性のある患者さんに対しては、たとえ何歳であろうとも、あるいは、たとえ余命幾ばくもない患者さんであろうとも、治せる可能性のある手術は、敢行すべきだと私は思う。もちろん、高齢者であればあるほど、手術に耐えうるだけの体力があるかどうかがカギになると思うのだが、患者さんのＱＯＬを著しく損なうことへのリスクを考慮するのであれば、決して、すべての高齢者への手術をタブー視すべきではないと私は考える。

終末期における「老衰死」の理想像とは

今、振り返れば、術後しばらくの間は、父も頑張ってくれていたけれども、三月三十日を境に、食欲は急に失せてしまった。あの時の母と私は、量は少なくとも、高カロリーのものを飲み食いさせるのに必死だった。一回の食事に、ヤクルト一本（65ml）程度のエンシュアを飲ませることに対しても腐心した。

「これじゃあ、とてもじゃないが、カロリー摂取がまったくもって足りていない」と言っては、私はドラッグストアに飛んで行き、「ネスレ・アイソカルゼリー」（150キロカロリー）などの高カロリー商品ばかりを購入しては、父の口にそろりと運んで、それこそ祈るような気持ちで「少しでもいいから食べてくれ！」と願うが、結果は、誤嚥をしてむせ返るのがオチだった。

ここで母や私が、父の終末期に行っていた一連の流れを、まるで皮肉るかのような書籍が見つかったので、読者の皆さまにご紹介をしておこうと思う。

例えば死が迫ってくると、当然、食欲は落ちてきます。すると、家族はカロリーの高いものを食べさせようと努力します。

しかし、少量でカロリーは高いものの、口あたりはどうなのでしょうか。また、少量で高カロリーのものといえば、脂肪の含有量が多く、油っこいのではないでしょうか。

健康人でも、食欲がない時に油っぽいものは、なかなか口にできないように思われます。それを、無理やり死にかけの病人の口の中に押し込むのは、どうなのでしょう。勝手な人なら吐き出すでしょう。

しかし、気の弱い人は、介護職員にピタリと横にはりつかれて、次から次へと口の中に放り込まれるわけですから、仕方なしに飲み込むでしょう。けれども、その結果は、火を見るより明らかです。当然、吐くことになります。少しでもカロリーの高いものを食べてもらおうという優しい心遣いが裏目に出て、ひどい苦しみを与えることになるのです。（中村仁一『大往生したけりゃ医療とかかわるな』幻冬舎新書）

ちなみに、この文章の小見出しは「介護の〝拷問〟を受けないと、死なせてもらえない」だった。この書籍は、それこそ全般にわたり、かなり辛辣な表現が目立つ文章構成で、正直私も、最初にこの本を読んだときにはかなり落ち込んだものだったが、数多ある終末期医療の書籍を読み漁っていたところ、皆、終末期には、自然と食べなくなり、亡くなっていく姿こそが、本来の姿であると書かれており、徐々にこれらの内容を受け入れることができるようになっていった。

次に、西欧諸国の終末期の在り方について書かれた一冊の書籍を見つけたので、和洋文化の違いを感じながら、あるいは共通項を感じながら、目を通していただけたらと思う。

ヨーロッパの先進国では高齢者が次第に食が細くなり、やせてきて、さらに、いくら呼びかけても意味のある答えが返ってこない、いわゆるターミナルに入ったときに、とくにまれな例外を除いて、人工的に栄養を補給する処置はなされないと聞く。フランスでは「人は食べられなくなったら、そこからは医師の手を離れ、牧師の出番となる」という言い方があるほどだ。口から食事ができなくなるほど衰弱したら、そのままなにもせずに見守って、自然死に任せる。（田中奈保美『枯れるように死にたい』新潮社）

最後に、東京都世田谷区にある世田谷区立特別養護老人ホーム・芦花ホームの石飛医師が、ある書籍（ＮＨＫスペシャル取材班『老衰死』講談社）の中で、老衰で亡くなった百人余りの人のカルテを見ながら、老衰で亡くなる人に共通する三つの現象について教えてくれた記事を左記に掲載する。

●亡くなる1週間前ほど前から食べなくなる
●多くの時間を眠り続ける
●大量の尿が出て〝枯れるように亡くなる〟

とても興味深い話なので、本書の中の「老衰死のサイン」の一部を掲載したいと思う。

●亡くなる1週間前ほど前から食べなくなる
「人生の最終章が訪れたとき、多くの人が食べ物を必要としなくなるんです。それは、食べさせないのではないのです。本人が食べない。もう食べることができないということです。一緒にここで毎日をすごしていれば本当にわかるのです。食べさせないから死ぬのではない。死ぬから食べないのだと。あれほど食事を楽しみにしていた方々が、みな同じように食べなくなるんです。もうそれは終わりのサインだと思うようになりました」（中略）

●多くの時間を眠り続ける

さらに、生活情報を記したカルテには、もうひとつの共通項が記されていた。それは「傾眠状態」という文字だ。「傾眠」とは意識がなくなっていく第一段階で、うとうととして睡眠に陥りやすい状態を言う。多くの人が食事中に「傾眠状態」になったり、食事の時間になっても「傾眠状態」が続いていたりするのだ。イトさんも食事の途中で眠り始めてしまったことがあった。さらに、1日の大半を眠るようにもなっていた。石飛さんは、「傾眠」はちょうど食事の量が減るのと同じころに起きる体の変化であると指摘している。（中略）

●大量の尿が出て〝枯れるように亡くなる〟

最期を迎えるとき、多くの人が食べなくなり、ほとんど水分もとらない状況が1週間から10日間ほど続く。それでもこの間、少量ではあるが、尿は排出され続ける。そして、亡くなる数日前、最期を迎える前に大量の尿が排出されることが多いという。こうした現象について、石飛さんは次のように語っている。「ほとんど水分をとっていないのに、それ以上の体の水分を時間をかけて体の外に排出しているんですね。なぜ、最期に大量の尿が出るのか、その仕組みはよくわかりませんが、体の中を整理して、余計なものを捨てて全部きれいにして逝くのではないでしょうか。まさに枯れるように亡くなるということですね」このとき、周りの人がのどが渇いているのではと心配して点滴などを行うと、逆に口からの分泌物が多くなり、痰の吸引などが必要になり、本人を苦しめる結果になることが多いと石飛さんは指摘している。（中略）（NHKスペシャル取材班『老衰死』講談社）

父の場合も、三月三十日を境に、飲み食いできなくなっていった。今思えば、これも「老衰死」のサインだったのかもしれない。思い起こせば、ベッド上での食事中に、疲れ果てて、そのままベッドに横たわり眠りかけてしまったこともあった。あれは果たして「傾眠」だったのだろうか。我々介護する側の人間にとって、何もしないという選択肢は、それこそ父のことを見殺しにしてしまうのではないかという罪悪感すら抱いてしまう。

終末期における栄養補給や水分補給は、かえって患者に苦しみを与える場合があるという事実を、家族サイドに、十分に理解させるなどのレクチャーをするなど、特に在宅医療に携わる側の人間は、あらゆるケースを想定して家族と向き合う姿勢が大切だ。そのような姿勢がない限り、ただ何もしないでいる家族サイドの心理的負担は、それこそ限界を迎えてしまうだろう。

そういえば、父が余命宣告を受けたとき、「ちなみに、このまま何もしないで看取るという選択肢をとれば、余命は一週間足らずになりますが、それについてはいかがなさいましょうか？」と、医師は、第四の選択肢も挙げていた。最初「何を言っているんだ、この先生は!!」と思ったが、今、冷静になって振り返ってみると、突拍子もないように聞こえた、あの発言の真意が、それこそ知識を深めていくと、まんざらでもない選択肢の一つだったのかもしれないと思えるようになってきたから、不思議なものだ。

認知症終末期における胃ろうの賛否について

父が余命宣告を受けたとき、このまま点滴療法（末梢静脈栄養）を選択した場合、余命は一か月程度が予想されるが、もし仮に、胃ろうを選択すれば、余命は二〜三年に延びると言われ、一瞬、私の気持ちは揺らいだ。がしかし、これまで散々、痛みや苦しみと闘ってきた父のことを、もういい加減、解放させてあげたいという気持ちが、すぐに頭の中に顕在化してきて、胃ろうの選択肢は除外された。

その気持ちは、恐らく母もまったく同じではないかと考えている。もし仮に、父の介護にまったくタッチしていない兄弟姉妹がいたとしたら、恐らくこの問題は、非常に揉めたと思う。それは、父の壮絶な痛み・苦しみを、直接目の当たりにしていない人間にとっては、父の寿命が一ミリでも伸びてくれることこそが善だと考えるのが、人間の性であるからだ。

認知症終末期における胃ろう問題が悩ましいのは、肝心要の患者本人が認知症のため、明確な意思表示ができないことにある。だからこそ、我々家族はエゴを捨て、患者の気持ちに寄り添い、患者ファーストになって、耳を傾けなければならないのである。

さて、感情論的な議論から角度を変えて、今度は、医学的見地から認知症終末期における胃ろうの賛否を見ていくことにしよう。早速、欧米における認知症患者を対象とした、胃ろう造設の評価を書き綴った一文を掲載している書籍を見つけたので、ここに列記しておく。

さて、認知症終末期の患者さんは、人工栄養によって延命できるのでしょうか？
アメリカの老年医学者フィヌケーンらは１９９９年、世界的に権威ある医学雑誌ＪＡＭＡに、「過去33年間の医学論文を調査分析した結果、誤嚥性肺炎や感染の予防、生存期間の延長、症候の緩和など、臨床上の問題点を改善した論文は見出せなかった。経管栄養は認知症の高齢者には避けるべきだ」と発表しています。
さらに米国消化器学会雑誌では、２０００年、イギリスのサンダース医師らが「５年間３６１例の胃ろう造設後の予後を疾患別に検討したところ、３カ月及び１年生存率は、咽頭後頭部がんや脳梗塞などと比べて、認知症では極端に悪かった」と発表。その翌年、アメリカのダールマラジャン医師らが「胃ろうが認知症の高齢者の栄養補給として使われた場合、多くの論文を分析すると、栄養状態、生活の質、生命予後を改善していない」と、述べています。（長尾和宏『痛くない死に方』ブックマン社）
これらの論文を見る限り、欧米においては、認知症患者を対象とした胃ろうの造設は、その有用性について非常に否定的である。ちなみに、この著者（在宅医）の経験談では、患者によって、かなりばらつきが見られると述べられており、胃ろうを造っても、すぐに亡くなる人もいれば、そうでもない人もいると述懐している。

さて、胃ろうとは、もともと口から食べることのできない子供のために開発された栄養法だった。がしかし、いつの間にか日本では、主に高齢者の延命処置のために造設されるようになっていった。その高齢者にとって、命を落とす原因となるのが誤嚥性肺炎である。日本の病院で、高齢者に胃ろうを勧めるようになった背景を説明した書籍がある。

誤嚥をするから肺炎になる。ならば食道・気管にものが入らないようにすれば、誤嚥も起こらなくなる。そのためには、口からものを食べるのではなく、経管栄養にして直接胃に挿入すればいいのではないか。（中略）しかし、これは高齢者の体の状態を無視した考え方で、机上の空論でした。実際には、胃ろうをつけても誤嚥性肺炎が起きてしまうのです。私たちは通常、お腹がいっぱいになったら、それ以上は食べません。ところが、胃ろうは自分の意思とは関係なく、胃に直接流し込まれます。機械的にどんどん胃に注入されるのです。すると、どういうことが起きるでしょうか。当然、あふれてしまいます。その人の体が受け入れられる量以上に入れられたら、氾濫して川を遡る。つまり、食道を逆流するのです。それも胃液や膵液など、刺激の強い消化液を含んだ危険なおまけつきで逆流してくるのです。（石飛幸三『家族と迎える「平穏死」』廣済堂出版）

つまるところ、誤嚥性肺炎を防ぐために胃ろうをつけたつもりが、口からものを食べなくても、また誤嚥性肺炎を繰り返してしまうという悪循環が生まれるのである。

また、他の書籍を読み漁っても同様に、せっかく胃ろうから栄養剤注入をしても、老いとともに、栄養の吸収ができずに、逆流して嘔吐が起こり、呼吸困難になったり、ときに窒息死をしたり、先ほども申したように、誤嚥性肺炎を発症したりと、胃ろうを造設する際には、さまざまなリスクが潜んでいるとの記事がある。

その他、意外だと思われるかもしれないが、口からものを食べられなくなった人は、唾液による口の中の洗浄効果が少なくなり、細菌が繁殖しやすいことから、日頃からの口腔ケアが、とても大切になってくる。また、痰の吸引が必要な高齢者も非常に多く、ＱＯＬが著しく低下していると聞く。さらには、胃ろう造設部位の皮膚トラブルに頭を悩ませているご家族も多いらしい。

以上のことからも、認知症などの高齢者に胃ろう造設をして、在宅介護を望んでいるご家族の場合、介護負担も相当に重たくなることを、しっかりと覚悟した上で、胃ろう造設の検討に臨んでもらいたいものである。

そろそろ、認知症終末期における胃ろうの賛否について、結論を出すときが来た。医学的見地から欧米の論文を見る限り、認知症患者の胃ろう造設に関しては、他の疾患と比べてかなり分が悪い。おさらいになるが、イギリスのサンダース医師らが行った3カ月／1年生存率は、咽頭後頭部がん72％／58％、脳梗塞64％／44％、認知症22％／10％（石飛幸三『「平穏死」のすすめ』講談社文庫）であり、このデータを見ても、認知症を伴う場合の予後が、極端に悪いのは一目瞭然である。

ちなみに、日本における認知症患者への経管栄養は良好であるという報告もあり、これら欧米の論文に違和感を覚える日本の医師が一定数いることも、付け加えておく。

そして、やはり一番大切になってくるのは、肝心要の患者本人が認知症のため、明確な意思表示ができないことこそが、一番のネックではなかろうか。そのためにも、リビング・

ウィル（生前の意思）を書き残しておくことを、ぜひともお勧めする。本人の判断力があるうちに、延命措置を望む、望まないなどの意思表明をしておくことは、自分のためだけではなく、周りで支えるご家族のためにも、とても大切なことだと私は思う。

詳しく知りたい方は、インターネットの検索エンジンより、「リビング・ウィル」と入力していただければと思う。

最後に、認知症とは、いや特に重度の認知症とは、他の疾患とは違う特別な疾患であり、せっかく胃ろうを造設しても、その胃ろうの意味合いすら、本人はまったくわからない。よって当然に、カテーテルを引っこ抜いてしまう危険性なども普通に起こり得る話だ。すると当然、緊急事態に迫られるなどの観点から、両手を拘束されるなど、人間の尊厳にかかわる側面に直面するのがオチである。また定期的に行われる痰の吸引なども、本人は意味がわからないから、意味不明な地獄の苦しみを、ひたすら味わい続けることになる。

私は、このような点もすべて踏まえた上で、認知症終末期における胃ろうとは、患者本人のＱＯＬを著しく損ねるだけで、家族のエゴを満たすだけのためだけに、延命措置にこだわるのは、好ましくないと結論付けた。

ただし、これはあくまで私の持論であり、人の命にかかわる問題を軽々に語るなど、もってのほかであることなど、百も承知である。百人いれば、百人の死生観があって当たり前であることを、ぜひ、読者の皆さまにもご理解いただければと思う。

第7章　すべての人生の出来事には意味がある

十年間続いたサラリーマン生活

ここで少し、私の来歴を語りつつ、精神疾患になった原因についても、詳しく述べていこうと思う。

大学卒業後、私は、最初の五年間を、道路や擁壁や下水道などを設計する会社に勤務した。当時の私は、社会常識はおろか、一般常識すらわからず新卒採用されたが、右も左もわからず本当に苦労した。また、会社の環境も「技術は盗むものだ。先輩の背中を見て、すべては自分で学べ」という風潮が強く、早々に自分には、このような環境の会社は不向きだなと感じた。

また、一般的な会社の平均的な新人社員研修期間が、三か月のところ、この会社の社員研修は、一週間という短さもあり、何も教えてくれない企業体質に、ブラック企業に入社してしまった感すら抱いたものだった。五年間勤務したが、ストレスは限界に達していた。会社の業績が右肩下がりの中、社長が希望退職者を募り始めたので、いの一番に手を挙げた。

私が希望退職したあと、ドミノ倒しのように、若い社員がほとんど辞めてしまったと、風の便りに聞いた。社長が希望退職者を募ったのは、若手社員を一掃するためだったのかと思うと、「この会社に未来はないな！」と感じざるを得なかった。

さて、設計会社を辞めたあと、今度はまったく畑違いの税理士事務所に入所をした。社員僅か五人程度の、いわゆる同族会社だったが、事務所の環境はアットホームだった。私は、事務所の所長に目を掛けていただき、社会の仕組みや、世の中の仕組み、そして「商売をするとは何ぞや！」という点に至るまで、一からすべてを叩き込んでいただいた。また、ベテラン諸先輩方にも大変よく面倒を見ていただき、メキメキ力を付けていった。

ちなみに、今日、自分がここまで成長できたのも、この税理士事務所での経験が、原点だったと思う。よき師に巡り合うか、巡り合わないかで、人生は百八十度変わるとは、本当のことなので、まだ開花できていない読者の皆さまがいらしたとしたら、まずは、よき師を見つけることに専念しよう。必ず、人生は開花できるはずである。

順風満帆だった税理士事務所での勤務も、人には言えない過度なストレスはあった。同族会社特有の家族の結束力の強さに、だんだんと嫌気が差してきた。それはいつしか、とんでもないストレスを生む結果となっていった。五年間勤務したが、最後はノイローゼ気味になりながら、退職をした。

最初勤めた設計会社に五年間、次に勤めた税理士事務所に五年間、合計十年間のサラリーマン生活を送っていた。

精神疾患を患い、苦しみのあまり、自死が頭をよぎった事務所を退職しても、体調は優れなかった。少し静養をして、この間、勉強をしてさらなるスキルアップに努めるつもりだった。税理士事務所での経験と、ＦＰ技能士などの資格を武器に、次は金融機関に転職する夢まで抱いていた。ただいかんせん、体調が優れない。長時間勉強をしていると、吐き気を催してくるし、しまいには、電車に乗車した瞬間に、戦慄が走り、緊張のあまり、電車の中で吐きそうになった。

まったくもって自分の身体を自由自在にコントロールできなくなった私は、生まれて初めて町の小さな精神病院に通った。診断結果は、パニック障害と言われ、抗不安薬を処方された。しかし、症状は軽減するどころか、悪化の一途を辿り、最終的には、本を読むことはおろか、テレビの光が一瞬目に入るだけでも、激しい嘔気を催した。食事や水も喉を通らなくなり、ついには寝たきり生活になってしまった。

水一滴飲むことすらできずに一週間が経とうとした頃、心配した両親が、タクシーに無理矢理私を乗せて、町の大きな精神病院に向かわせた。とりあえず、診断名などは一切告げられずに、点滴を入れられ、大量の薬を服用する生活が始まった。

それから一年と六カ月もの間、激しい嘔気に苛みながら、ぼんやりとした生活が続いた。正直、もう死にたかった。発病当初、水一滴飲まずに一週間が経過したと書き綴ったが、あの時、両親に放って置いてもらえたら、百パーセント餓死していたと思う。死ぬチャンスを逸してしまったと思った。

ちなみに、水泳の池江璃花子さんも、白血病で一年間の闘病生活をした際に、自殺をしたい衝動に駆られた経験があったと吐露している。しかし彼女は、自殺をしたい気持ちを抱いたことに対して、人間として、あるまじき行為のように、自身を恥じていたが、私は、自殺をしたい感情を抱いたことに対して、決して恥だとは思っていない。なぜならば、人間は、極限にまで痛みや苦しみが達すると、本能的に自殺をしたい衝動に駆られる生き物だからである。人間の本能であるならば、ある意味、これは仕方がないと割り切るしかない。

それよりも、死を考えながらも、結果、死を選択しなかった自分自身は、神様から生かされている存在だということだ。では、生かされている意味とは何か!?　自分の役目・役割とは何か!?　今生における課題がクリアできていないから、今生から卒業できなかった訳であり、残された時間を通して、自分の役目・役割を見つけ出し、それを全うすべきだと、今の私は、そう考えるようになっていった。

失ったものを数えるな、残されたものを最大限に生かせ

発病から一年半が経過した頃から、身体が少しずつ楽になっていった。もちろん、まだまだ普段から軽い吐き気はしているし、原因不明の光過敏症は続き、例えば、夜の街の夜景を見ると、途端に吐き気を催すと言った具合だ。テレビに関しては、相変わらず、一瞬目に光が入るだけでも、激しい嘔気をもたらすと言ったザマだ。

ちなみに、テレビが人並みに見られるようになったのは、発病から七年後のことだった。もう一生、テレビを見られるとは思ってもいなかったので、あのときは本当に嬉しかった。また、一駅区間三分以内の各駅停車に乗れるようになるまでには、八年間を要した。

それはさておき、発病から二年が経過したときに、大きな精神病院から、町の小さなメンタルクリニックに転院した。すぐに言われたのは、「光過敏症に関して、てんかんの疑

いがあるから、大学病院に行って脳波の検査をしてもらいなさい」だった。検査結果は、てんかんではなかった。その時に大学病院の精神科のベテラン医師に断言された。

「この病気は、身体表現性障害（身体症状症）と言う精神疾患です。読んで字の如く、障害（痛み）という表現スタイルで、身体が悲鳴を上げている病気です。原因はわかりません。ただ、あなたの場合、多少軽快することはあっても、残念ながら、死ぬまで病気が完治することはないでしょう」

「原因はわかりません！」の発言に対し、私は「原因は十年間のサラリーマン生活で蓄積されていったストレスに決まっているだろ‼」と憤った。ただし、「死ぬまで病気が完治することはない！」の衝撃発言は、今だからこそ言えるが、「御名答‼」だったと思う。

ここで、健常者の方にアドバイス。まずは、病気にならないこと。健康第一。決して体が再起不能になるまで体を酷使してはならない。病気になれば、働くことができなくなる。働けなくなれば、お金を生み出すことができなくなる。さらには、医療費にお金が掛かり、ますます生活が苦しくなる。貧困になると、物質的に貧しくなるだけでなく、心まで貧しくなり、意地汚くなるから、タチが悪い。

心にゆとりもなくなり、ギスギスした人間になる。心が乱れ、常識や品性、品格も失い、正しい教養を身に付けるために、自分に投資するお金すら一切失ってしまう。身も心も乱れてしまった結果、さらなる健康状態の悪化を招く悪循環を生じることになる。まさに「病↓貧↓乱」負のスパイラルである。負の連鎖に陥らないためには、くどいようだが、健康第一。決して体が再起不能になるまで体を酷使してはならないと、肝に銘じて欲しい。

次に、障害者の方にアドバイス。パラリンピックの父と称される、ルートヴィヒ・グットマンの「失ったものを数えるな、残されたものを最大限に生かせ」の言葉を贈る。この言葉は、私の座右の銘でもある大好きな言葉だ。私は、テレビやパソコンの光が眩しく、まったくもって画面を見ることができなかった七年間もの間、ひたすらラジオを聴いた。ラジオから流れてくる言葉の数々に耳を傾け、語彙力に磨きをかけた。「目がダメならば、耳を最大限に生かせ！」の精神である。

暗黙の脚本によって、私はこの人生を生きることになっていた

第二章でも書き綴った通り、私は、父が経営していたアパート事業を代行することになった。理由は、父が認知症の初期症状を発症したからである。その後、父が亡くなるまでの十三年間もの間、父に代わり、事業を代行してきた。この流れを大局的に見ていると、とんでもない人生のシナリオが見えてきた。それは、ある一冊の本を読んでいるときにピンときたものである。その書籍の一文を掲載する。

「私は、この人生を生きることになっていたのだ」「すべては、こうなるべくして、こうなったのだ。人生の出来事のすべてには意味があって、私はある種の必然性によってここに導かれ、この人生を生きることになったのだ」（諸富祥彦『あなたのその苦しみには意味がある』日本経済新聞出版社）

もし仮に私が、精神疾患に罹患をしていなければ、先ほども書き綴ったが、間違いなく金融機関への転職を考えていただろう。それなりの会社に転職となれば、それなりの異動や転勤も待っている。当然、実家を離れて一人暮らしになっていたとしてもおかしくない。当然、今の人生とは百八十度変わった人生を歩んでいたことだろう。

しかし、現実には、私の発病から三〜四年が経過する頃から、父はアパート経営をするのがしんどいと言い出した。ちなみに、母や兄は、社会経験ゼロの無頓着ぶりである。もし仮に私が、父のアパート経営を引き継いでいなかったと想像しただけでゾッとする。恐らく、アパート経営は廃業の一途を辿り、ご先祖さまから受け継がれてきたこの土地は、間違いなく、売りに出されていたことと思う。

最近私は、精神疾患に罹患をしたのは、見えない暗黙のシナリオに導かれた結果ではないかと思うようになった。ある種の必然性によって導かれたのではないかと言っても過言ではない。では、その必然性は、どこから来ているというのか。それは、ご先祖さまからの粋な計らいではないかと、私は感じ取っている。

すべての人生の出来事には意味がある

先ほど、紹介をした書籍を読んでから、人生のさまざまな出来事には、すべてに意味があるのではないかと思うようになった。

では、父が八年間もの間、認知症を患い、闘病生活を送った人生そのものに、果たして意味はあったのだろうか。私は、いろいろな考えを巡らせた結果、一つの答えに辿り着いた。少し遠回しな言い方になるが、私なりの解釈を述べたいと思う。

父の八年間にわたる在宅介護生活で、私は、父の介護に奮闘した。がしかし、本当のことを言うと、ときに悲鳴を上げたくなるほど、また、逃げ出したくなるほど、辛いときもあった。父を介護施設に預けることなく、八年間の在宅介護生活を送ることができたのは、半分は、現場を担当していた母の力にある。よって、母の存在そのものは、私にとって、余人をもって代えがたい存在であったのは、れっきとした事実である。

一方の私は、外来の先生、在宅医療の先生、救急病棟の先生、看護師さん、薬剤師さん、訪問歯科診療の先生、訪問リハビリの先生、ケアマネージャー、通所リハビリテーションのスタッフさん、介護福祉用具レンタルの会社、介護タクシー会社、市役所などの行政サービス、また緊急時には、随分と救急隊員の皆さんにも大変お世話になった。私は、今、列記した父をサポートする、ありとあらゆるネットワークを駆使して、父のＱＯＬを低下させることなく、目一杯、介護プランを組み立てたつもりだ。

もちろん、外来の先生や、在宅医療の先生の所見を伺う際には、私自身が、引けを取ることのないよう、医療に関する知識を身に着けるべく、猛勉強を重ねたつもりだ。また、ケアマネージャーなどの介護の専門家との打合せの際にも同様、介護に関する猛勉強を重ね、とにかく日々、トライ&エラーを繰り返しながら、多忙で濃密な八年間を過ごしたように思う。そして、父の介護の現場に目を光らせながら、このようにありとあらゆるネットワークをフル活用してきた経験は、自分の血となり肉となっていった。途中、しんどくて逃げ出したくなるときも多々あったが、全力を尽くせたと思っている。

かなり遠回しな言い方になってしまったが、そろそろ核心に迫りたいと思う。

今まで父からは、社会の仕組みや、世の中の仕組みを、私が大人になるまで一度たりとも教えてもらった経験がなかった。まあ、それが災いして、私が新卒採用された際には、物事を何も知らない常識外れと言われ、非常に苦労した訳でもあるが、父は、この八年間を通して、自分の身体を犠牲にしながら、私に体を張って、さまざまな出来事を学ばせてくれた。

「俺はいなくなるけど、一人で自立して生きていけるだけの経験を、この八年間を通して、お前は学んだのだから、この経験を糧にして、あとは、妻と長男のことをよろしく頼んだぞ!!」と、父より命のバトンを託された気がしたのだ。

父が八年間もの間、認知症を患い、闘病生活を送った人生そのものに、果たして意味はあったのだろうか⁉　読者の皆さまも、もうお気付きかと思うが、大切な事なので、もう一度言おう。父は、自分の身体を犠牲にしてまで、私のことを鍛え上げ、「もう俺はこの世を去るが、大丈夫だろう。お前に石島家のことをよろしく頼んだぞ!!」とのメッセージを残して、あの世に旅立っていったのである。

すべての人生の出来事には意味がある。その見えないシナリオの中に込められたメッセージをどう受け止めるかは、人それぞれである。そして、人生で起こるさまざまな辛くて苦しくて悲しい出来事の陰には、必ずや隠された意味が込められていて、それを感じ取れるか、はたまた、聞き逃してしまうかで、その後の人生は大きく左右する。

どうか、読者の皆さまにも、人生には、どんな人にも目の前にそびえ立つ高い壁の前で、思わず立ちすくむような試練に直面するときが、必ずや訪れるかと思うが、それらの出来事の陰には、隠されたメッセージが込められていることに、いち早く気付いて欲しい。そして、今後の人生を生きる上における道標にしていただければ幸甚である。

おわりに

父が亡くなった今、私は、喪失感や虚無感で心が「もぬけの殻」みたいになってしまいました。父は、重度の認知症を患い、すべての面倒を我々家族が見てあげなければ、生きていけない八年間だったにもかかわらず、いざ、父親を失ってみて感じることは、その圧倒的な存在感でした。何もできない重度の認知症の父ではありましたが、それでも父は、我が石島家に欠かすことのできない、一家の大黒柱でした。

そして、先ほども述べましたが、父が亡くなったことには、メッセージが込められていると、私は感じ取りました。「もう、お前は俺がいなくても、立派に生きていける」。先祖代々、連綿と受け継がれてきた命のバトンを父から託されたような気がしました。これは、生半可なことではありません。今度は私が、襟を正し、一家の大黒柱として、残された家族を支えていく覚悟が、今、問われているのだと思います。

ところで、読者の皆さまにとりまして「死」とは、何を意味していると思いますか？

私の中では、「死」とは誰にでも平等にやってくるもの。どんな人生の成功者であっても、はたまた、人生の落伍者であっても、どんなに富を築いた者でも、どんなに貧しき者でも、必ず「死」は平等にみんなのもとに訪れ、清算されるイメージです。

十代、二十代の頃は、「死」とは、遠い世界のことのように思えましたが、四十代を過ぎた頃から、「死」とは、だんだん身近な存在になっていきます。そして私は、父を亡くしたことにより、いよいよ「死」とは、目前に迫った課題・命題そのものであり、「死」の意味を改めて、深く考えさせられる存在となりました。

「死」があること。それは人生には、終わりがあるということです。無限の人生ではなく、有限であるのです。限られた命であるからこそ、悔いのない人生を送りましょう。亡くなる直前に、「やり切った！」「出し切った！」と思えるような人生にしたいものです。今生に未練を残さない人生にしたいと、私は思っています。

現状の人生に満足している人であれば、現状維持を心掛けてください。現状に満足していない人であれば、それまでの生き方を変える勇気を持ちましょう。変化を恐れない勇気を持つことにより、人生はやがて花開くことでしょう。

もう私にとりまして、「死」は怖いものではありません。あの世では、父が待っていてくれています。それまでの間、もう少し、今生において修練に励みたいと思います。

令和四年十二月　石島　嘉人

【主な参考文献】

『「平穏死」のすすめ』石飛幸三／講談社文庫（２０１３年）
『家族と迎える「平穏死」』石飛幸三／廣済堂出版（２０１４年）
『穏やかな死のために』石飛幸三／さくら舎（２０１８年）
『老衰死』ＮＨＫスペシャル取材班／講談社（２０１６年）
『「平穏死」10の条件』長尾和宏／ブックマン社（２０１２年）
『胃ろうという選択、しない選択』長尾和宏／セブン＆アイ出版（２０１２年）
『痛くない死に方』長尾和宏／ブックマン社（２０１６年）
『抗認知症薬の不都合な真実』長尾和宏／東田勉／現代書林（２０２０年）
『枯れるように死にたい』田中奈保美／新潮社（２０１０年）
『大往生したけりゃ医療とかかわるな』中村仁一／幻冬舎新書（２０１２年）
『在宅医療の真実』小豆畑丈夫／光文社新書（２０２１年）
『死にゆく人の心に寄りそう』玉置妙憂／光文社新書（２０１９年）
『働きながら、親をみる』和田秀樹／ＰＨＰ研究所（２０１５年）

『身近な人に介護が必要になったときの手続きのすべて』釦裕和／自由国民社（２０２１年）
『小さな葬儀とお墓選び・墓じまい』大野屋テレホンセンター／自由国民社（２０２０年）
『あなたのその苦しみには意味がある』諸富祥彦／日本経済新聞出版社（２０１３年）
『あなたがこの世に生まれてきた意味』諸富祥彦／角川ＳＳＣ新書（２０１３年）
『悩みぬく意味』諸富祥彦／幻冬舎新書（２０１４年）
『どんな時も、人生に〝ＹＥＳ〟と言う』諸富祥彦／大和出版（１９９９年）
『「姓名」の秘密』源真里／三笠書房（２００７年）

● 著者略歴

石島 嘉人

1972年神奈川県藤沢市生まれ。

東海大学卒。

設計会社に5年間、税理士事務所に5年間勤務後、32才で精神疾患を発症。

症状軽快後は、高齢の父に代わり不動産貸付業を事業代行。

父亡き後は、事業を継承し、今日に至る。

突然の余命宣告にはメニュー表があった

発　行	2023年4月25日　第1版発行
著　者	石島嘉人
発行者	田中康俊
発行所	株式会社　湘南社　https://shonansya.com 神奈川県藤沢市片瀬海岸3－24－10－108 TEL　0466－26－0068
発売所	株式会社　星雲社（共同出版社・流通責任） 東京都文京区水道1－3－30 TEL　03－3868－3275
印刷所	モリモト印刷株式会社

ISBN978－4－434－31978－5　C0095